당신을 막내딸처럼
돌봐줘요

심선혜

당신을 막내딸처럼 돌봐줘요

판미동

차례

프롤로그

나는 잔병치레가 별로 없는 '건강한 아이'였다.

초등학생 시절, 엄마가 건강보험증을 들여다보면서 "너는 보험료 안 내도 되겠다."고 하셨던 기억이 난다. 그때만 해도 병원에 건강보험증을 꼭 챙겨 가야 했다. 치료를 받고 나면 간호사 선생님께서 며칠날 어느 병원에 왔는지 적어주셨다. 한 해가 끝날 무렵, 가족들의 이름이 번갈아 기록된 건강보험증 안에 내 이름이 없으면 뿌듯했다. 안 아픈 게 내 특기인 줄 알았다.

그렇게 '건강했던 아이'가 서른두 살에 암에 걸렸다.

병명은 악성 림프종, 혈액암 1기라고 했다. 암환자는 처음이라 모든 게 익숙하지 않았다. 마음먹은 대로 몸이 움직이지 않는 것, 먹고 싶어도 먹을 수 없는 것, 내 기분을 내가 어쩌지 못하는 것, 그런 것에 도무지 적응하기 힘들었다. 그래도 버텼다. 항암치료만 끝나면 예전처럼 돌아갈 수 있을 거라고 믿으며.

2년 반 동안 치료를 마치고 몸속에 있던 암세포는 사라졌다. 주변 사람들은 그만하면 다행이라고, 말기 암이 아니니까 괜찮다고 위로했다. 그런데 정작 나는 괜찮지가 않았다. 몸은 나았는데 마음은 계속 시들어 갔다. 암이 낫기만 하면 건강해질 줄 알았는데 전혀 그렇지 않았다.

천방지축 뛰어다니던 길이 사실은 녹고 있는 얼음판 위라는 걸 알았을 때, 걸음걸이는 예전과 같을 수 없다. 나는 저벅저벅 걷던 길을 살금살금 걸었다. 이 얼음이 언젠가 다 녹지 않을까 불안했다.

그 무렵 암 검진을 하러 병원에 갔다가 만난 할머니께 속내를 털어놨다. 암에 걸리고 나니 불쑥불쑥 억울한 생각이 든다고. 뭘 시작하려고 해도 자신이 없다고. 아무도 내 마음을 몰라준다고. 어깨를 들썩이며 한참 울었다.

"아기 엄마, 지금부터 딸 하나 더 키운다고 생각하고 나를 돌봐요. 내가 막내딸이라고 생각해요. 나를 너 먼저 돌봐줘요. 지금은 우선 나한테만 애써요."

이 책의 제목인 『당신을 막내딸처럼 돌봐줘요』는 할머니의 당부에서 따온 말이다. 그전까지 나는 돌봄의 주체가 3인칭이라고 생각했었다. 엄마의 돌봄을 받고 자란 내가 커서 또 이렇게 딸을 돌보는 거라고, 더 강한 사람이 약한 사람을 돌보는 게 당연한 거라고 여겼다. 누군가에게 애쓰고 희생하는 것, 나보다 연약한 존재를 책임지는 것, 그런 게 내가 떠올리는 '돌봄'이었다.

할머니의 당부대로 내가 나의 보호자가 되기로 했다. 울고 있는 내 마음을 가장 먼저 돌보기 시작했다. 누군가 내 마음을 알아줄 거라고 기대하지 않고, 시간이 해결해 줄 거라고 기다리지 않았다.

나에게 자주 물었다. 기분은 어떤지, 뭘 먹고 싶은지, 읽고 싶은 책이 있는지 어린아이 대하듯 살뜰하게 나를 챙겼다. 상황을 탓하거나 남을 원망하는 대신 내 기분을 책임지는 연습을 했다. 무엇보다 마음을 돌보는 데 글쓰기만 한 게 없었다. 억지로 지워 버리려 했을 때 지우개처럼 작아지던 마음이 쓰면 쓸수록 커지는 걸 느낄 수 있었다.

성인 세 명 중 한 명은 죽기 전까지 한 번쯤 암을 겪는다는 통계가 있다. 내가 처음 암에 걸렸을 때만 해도 놀라던 친구들이 삼십 대 후반인 지금은 남 일 같지 않다고 말한다. 부모님이나 남편, 혹은 본인이 암에 걸려서 나에게 조언을 구할 때가 종종 있다.

똑같은 이야기를 몇 번씩 반복하다 보니 내 경험이 누군가에게는 꼭 필요할 수도 있겠다는 확신이 들었다. 그래서 나를 위로하려고 썼던 글들을 모았다. 암을 통해 배우고 느낀 것들도 함께 적었다. 암 치료과정은 최대한 생략했다. 내가 얼마나 힘들었는지 하소연하고 싶지 않았다. 모든 암 환자가 똑같은 과정을 겪는 것도 아니기에 누군가가 불행을 예습하고 걱정할 필요가 없다고 생각했다.

이 책이 그때의 나처럼 자신을 사랑할 힘을 잃은 사람에게 응원이 된다면 좋겠다. 어떤 시련을 겪고 있는 사람들에게 부탁하는 마음으로 썼다. 포기하고 싶겠지만 부디 그러지 말아 달라고. 나를 소중하게 돌보면 힘내고 싶어지는 순간이 꼭 올 거라고. 그건 나에게 하고 싶은 부탁이기도 하다.

부디 우리가 더 '건강한 어른'이 됐으면 좋겠다.

1부

바라보기

비록 쓰디쓴 오늘이라도

나는 내 인생을 예측하지 않고 살아 보기로 마음먹었다. 아주 좋을 거라는 기대도, 정말 최악일 거라는 걱정도 하지 않는다. 자꾸 멀리 내다보려 하지 말고 징검다리를 건널 때처럼 바로 앞만 보려 한다. 그렇게 불행을 예습하지 않고 당장 오늘 몫의 하루를 산다.

그렇게 암환자가 되었습니다

"지금 바로 집에 갈게."

남편의 목소리가 떨리고 있었다.

"벌써 집에 온다고? 아직 다섯 시밖에 안 됐는데? 오늘 회식이라며."

갑자기 퇴근한다는 남편의 말에 걱정했던 일이 떠올랐다. 대학병원 의사인 남편이 지난주에 검사했던 내 CT 결과를 확인한 게 분명했다.

"뭔데? 탈장이래?"

남편은 아무 말이 없었다. 왜 이리 뜸을 들이는 건지 답답하기만 했다. 한참 대답을 못 하던 그는 목 깊숙이 걸린 가래를 뱉어 내듯 '림프종'이라고 했다. 나는 림프종이 뭔지 잘 몰랐다. 무슨 종양인가 보다. 장염 같은 건가? 뭔지는 몰라도 남편이 굳이 일찍 오겠다는 걸 이해할 수 없었다.

"회식은 하고 와. 자기가 일찍 온다고 갑자기 낫는 것도 아니잖아?"

나는 웃으면서 말했지만 남편은 울먹였다.

"자기야, 그거 암이야."

드라마에서처럼 전화를 떨어뜨리거나 주저앉지는 않았다. 울부짖으며 "아니야!"라고 소리치거나, 머리를 쥐어뜯지도 않았다.

"집에 와서 얘기해."

웃음기 사라진 나는 황급히 전화를 끊었다.

"엄마, 아빠야? 아빠 언제 와?"

"응, 아빠 오늘은 빨리 온대!"

"아싸!"

좋아서 방방 뛰는 아이에게 차마 웃어 주지도 못하고 고개를 숙였다.

'이게 암 덩어리였구나.'

나는 배꼽 왼편을 조심스레 더듬었다. 손이 덜덜 떨렸다. 그동안 내 몸이 보낸 신호를 이제야 이해할 수 있었다.

거의 1년 동안 한 달이 멀다 하고 장염에 걸렸었다. 토하고 설사하는 전형적인 장염 증세는 뭐 그렇다 치고, 제일 괴로운 건 위를 슬라임처럼 주무르는 느낌이었다. 동네 가정의학과 선생님은 장이 운동을 잘 못하니까 위경련까지 함께 온 거라고 하셨다. 초반엔 약만 먹으면 괜찮아졌다. 하지만 몇 번씩 장염이 반복되다 보니 약도 소용없어 주사를 맞았다.

자주 아프다고 고통에 익숙해지는 건 아니었다. 아픈 게 무서워서 뭔가 뒤틀리는 기분이 들면 재빨리 배를 문질렀다. 그러다가 문득 배에서 작은 새알만 한 알맹이가 느껴졌다.

새알이 달걀만 해졌을 때, 당직을 끝내고 온 남편 손을 끌어다 배 위에 올렸다.

"이거 봐, 여기 뭐 있는 것 같지?"

남편은 손끝에 힘을 줘서 배 안쪽을 더듬었다.

"자기야, 원래 뱃살이 없는 사람들은 장이 만져지기도 해. 똥 언제 쌌어?"

졸린 눈으로 똥이라고 말하는 남편을 보니 왠지 빈정이 상했다.

"나 변비 없거든?"

남편을 째려보고 휙 돌아누웠다.

다음 날, 집에 들른 엄마도 신중하게 내 배를 만져 봤다. 어혈이라고 했다. 아이를 낳고 산후조리를 잘못해서 혈(血)이 뭉친 거란다. 엄마는 막힌 혈을 풀어 줘야 한다고 진단했다. 평소 체하면 손을 따고, 귀를 만져서 두통을 낫게 하는 엄마다웠다. 남편에게도, 엄마에게도 만족할 만한 답은 얻지 못했다.

별일 없겠지, 괜찮겠지 하다가 계절이 두 번 바뀌었다. 그 사이 작은 새알이 계란으로, 계란은 오리알로 커졌다. 슬슬 겁이 났다. 남편도 정색하며 큰 병원에 가 봐야 한다고 했다.

늘 다니던 동네 병원에 가서 초음파를 찍고, 큰 병원으로 가라는 소견서를 받았다. 바로 남편이 근무하는 대학

병원에 예약해서 CT를 찍었다. 그리고 며칠 뒤 남편은 낯선 병명을 이야기했다. 림프종이 의심된다고. 혈액암이라고. 의심을 확신으로 바꾸기 위해서는 몇 가지 증거가 더 필요했다.

곧바로 입원을 해서 내 몸 곳곳에 있는 암을 찾아내기 시작했다. 첫날은 채혈을 하고 엑스레이를 찍고, 다음 날 조직검사를 한 후 또 CT를 찍었다. 그리고 세 번째 날 온몸에 암이 퍼졌는지 확인하기 위해 PET를 했다.

담당 의사선생님은 각종 검사 결과를 종합해서 내 배 속에 자란 혹이 '악성 림프종'이라고 결론 내렸다. 그렇게 공식적으로 암환자가 됐다.

"생존율이 얼마나 되나요?"

선생님 말씀을 조용히 듣고만 있던 내가 처음으로 질문을 던졌다.

"생존율이란 건 의미가 없습니다. 그냥 통계일 뿐이에요. 내가 살면 100%지만, 내가 죽으면 0%인 게 바로 생존율입니다. 그런 숫자에 연연하지 말고, 치료부터 시작합시다."

생존율은 의미가 없다는 선생님의 말씀이 멋지게 느껴졌다. 믿음이 갔다. 진료실에서 빠져 나와 '내가 살면 생존율 100%'라는 말을 곱씹으며 걷다 보니 어느새 병원 1층에 있는 가발 가게 앞이었다.

"가발을 미리 맞춰 놓아야겠어."

비장한 내 표정을 보고 남편은 고개를 저었다.

"아직, 자기야. 나중에."

좀 더 받아들일 시간이 필요해 보이는 건 나보다 남편인 것 같았다.

"그래, 가발은 머리카락이 빠지기 시작하고 사도 되니까."

공식 암환자의 일정으로 다른 걸 택해야 했다. 특별한 게 없을까 고민하다가 사진을 찍어야겠다고 생각했다. 앞으로 내 모습이 어떻게 변할지 상상이 안 되지만, 지금보다 더 예뻐질 리 없는 건 분명했다.

"같이 사진 찍자. 율이 생일 기념으로."

앞으로 벌어질 일에 대해 어쩌고 저쩌고 얘기하면 남편이 또 안 된다고 할까 봐, 딸의 생일 핑계를 댔다. 이번엔 남편이 '오케이' 했다. 당장 사진관에 가족 촬영을 예약했다.

그 주 주말에 바로 사진을 찍으러 갔다. 돌 사진 찍을 때는 그렇게 울어서 세 번이나 헛걸음을 해야 했던 아기가 언제 이렇게 컸는지. 아이는 사진사가 시키는 포즈를 척척 해냈다. 정작 남편과 나는 사진사에게 웃으라는 말을 계속 들어야 했다.

며칠 뒤 이메일로 사진이 도착했다. 활짝 웃는 아이를 사이에 두고 웃는 것도 우는 것도 아닌 어정쩡한 표정의 남편과 내가 있었다.

그렇게 어정쩡한 마음으로 첫 항암치료를 시작했다. 병원은 어릴 적 놀이동산에서 보던 '귀신의 집' 같았다. 너무 무섭긴 한데, 왠지 다 가짜처럼 느껴졌다. 환자복을 입고, 가슴에 주삿바늘을 꽂고 있는 나도 가짜 같았다. 누군가 겁주려고 분장한 귀신처럼 말이다.

첫 항암을 마치고도 내가 암환자라는 게 믿어지지 않았다. 출구 없는 귀신의 집에 갇힌 기분이 들 때마다 스스로 주문을 걸었다. '괜찮아. 괜찮아.' 그렇게 두렵지 않은 척했다.

만약 내 주위에 아무도 없었다면 겁 많은 나는 주저앉아 울기만 했을지도 모른다. 하지만 그때 고작 태어난 지 3년밖에 안 된 아이가 있었다. 영화 「인생은 아름다워」에서 아이에게 전쟁을 게임이라고 속이던 아버지처럼 내 불안한 상황을 알려 주고 싶지 않았다. 내가 흔들리면 아이는 출렁일 것이고, 내가 흐느끼면 아이는 울음을 터트릴 것 같았다.

네 번째 항암을 하러 가느라 시댁에 아이를 맡겼을 때였다. 어머님께서 신데렐라 책을 읽어 줬는데, 아이가 왜 신데렐라는 새엄마랑 사느냐고 물었단다. 엄마가 하늘나라에 가서 그렇다고 했더니 아이는 갑자기 엉엉 울었다고 했다. 우리 엄마는 하늘나라에 가면 안 된다고. 나는 신데렐라처럼 새엄마랑 살기 싫다고.

그 말을 듣고 나도 엉엉 울었다. 꺽꺽 소리를 내면서, 발버둥을 치면서. 머리를 쥐어뜯고 가슴을 탕탕 치면서. 암 환자가 되고 나서 처음으로 실컷 슬퍼했다.

"왜 내가 암이야. 내가 뭘 잘못했다고. 내가 뭘 잘못했다고!"

남편을 붙잡고 목놓아 울었다. 그렇게 울었는데 어디에 또 눈물이 남아 있었는지, 찰랑거리던 눈물이 계속 미어져 나왔다. 더 이상 누구도 속일 수 없었다. 괜찮은 척했었지만, 사실 하나도 괜찮지 않았다. 무섭지만 믿기지 않았던 일이 그제야 진짜처럼 느껴졌다.

열여덟 번의 항암제를 맞으며 수없이 몸과 마음이 무너질 때마다 기도했었다. 이번에는 "그만 오세요."라는 말을 들을 수 있기를. "다 나으셨네요."라며 축하받을 수 있기를.

암 진단을 받고 6년이 흐른 지금, 배에 있던 오리알 같은 혹은 흔적없이 사라졌다. 생존율이 뭐가 중요하냐며 나를 일으켰던 담당 선생님과도 자주 만나지 않는다. 그럼에도 불구하고 그 시절 우울하고, 무기력하고, 아파했던 기억들은 낮에 본 영화처럼 생생하게 재생되곤 한다. 그럴 때면 기도보다 더 간절하게 나를 응원한다. "또 다시 항암을 시작하셔야 합니다."라고 해도 겁먹고 포기하지 않기를.

삶에 목표가 없는 이유

항암제는 사람으로 따지면 멍청한 군인이다. 적군만 죽이면 되는데, 아무 죄 없는 아군도 함께 죽인다. 그래서 항암치료를 하면 멀쩡한 몸이 망가진다. 항암치료를 시작하기 전까지만 해도 머리카락이 빠지는 정도는 각오하고 있었는데, 담당 선생님께서 더 무서운 말씀을 하셨다. 항암이 끝나면 불임을 겪거나 조기 폐경이 되기도 한다고. 머리야 다시 자란다지만, 갑자기 폐경이 된다고 생각하니 아찔했다.

종양내과에서 항암치료 일정을 잡으면서 산부인과 진료를 함께 받았다. 담당 선생님께서 항암제 때문에 난소

기능이 떨어지니까 난자를 냉동하거나 여성호르몬 치료를 받으라고 권하셨다. 나는 난자를 냉동하고 싶지는 않았다. 이 몸으로 또 아이를 낳아 키울 자신이 없었다. 대신 조기 폐경을 막기 위해 주기적으로 난소를 보호하는 주사를 맞기로 했다.

그날은 세 번째로 난소 보호 주사를 맞는 날이었다. 산부인과 대기석에서 임산부들과 섞여 내 차례를 기다리고 있는데, 한 아이가 눈에 띄었다. 연한 분홍색 니트모자를 쓰고 병원 이름이 적힌 환자복을 입은 소녀. 아이는 엄마인 듯 보이는 중년 여성과 손을 꼭 잡고 있었다.

'임산부는 아닌 것 같은데, 저 아이는 어디가 아파서 왔을까?'

어느덧 진료 시간은 한 시간째 지연되고 있었다. 나는 간호사 선생님께 얼마나 더 기다려야 하는지 물었다. 그때 누군가 내 뒤에서 말을 걸었다.

"오래 기다렸죠? 이 선생님은 항상 제시간에 진료를 못 봐요. 매번 지연되더라구요. 환자 한 명 한 명 꼼꼼히 설명해 주셔서 그런 거예요. 중간에 응급 환자 생기면 수술실도 갔다 오고 그러시더라구요."

분홍색 모자의 소녀와 손을 잡고 있던 여성이었다. 첫 진료가 아니라서 나 역시 대기시간이 늦어지는 걸 모르는 바는 아니었다. 간호사 선생님을 재촉한 게 부끄러워졌다. 방긋 웃고 있는 아주머니께 알려 주셔서 감사하다고 인사하는 사이 내가 앉아 있던 자리는 다른 사람으로 채워져 있었다. 아주머니는 나를 불러 옆에 앉혔다.

"어디가 아파서 왔어요?"

"혈액암이에요. 림프종이요."

"에구, 안됐네. 우리 앤 골육종이에요."

병원에서 만나는 사람들은 이름도, 나이도 묻지 않고 병명부터 묻는다. 천안에서 왔다는 그녀는 예상대로 소녀의 엄마였다. 곁에 있던 열아홉 살 소녀는 장작처럼 말랐다. 눈대중으로 봐도 몸무게가 30kg 정도밖에 안 돼 보였다. 우리가 한참 대화를 나누는 동안에도 소녀는 말이 없었다. 엄마 손만 꼭 잡고 있었다.

"대학생 같아 보이는데, 벌써 결혼했어요?"

네 번째 손가락에 끼워진 결혼반지를 보며 소녀의 엄마

가 물었다.

"에이~ 저 서른두 살이에요. 네 살짜리 아이도 있는걸요."

그녀는 잡고 있던 딸의 손을 한 번 더 꼭 잡으며 말을 이었다.

"그러니까 너도 아프기 전에 연애라도 해 보지 그랬어. 중3 때 너 좋다고 집에까지 쫓아왔던 애 있었잖아. 걔 기억나지? 호호호."

의자에 몸을 기댄 소녀는 엄마의 말에 빙그레 웃었다.

"얘가 이래 봬도 아프기 전에는 예뻤어요. 근데 온몸에 종양이 퍼져서 앞으로 얼마 안 남았대요."

딸이 얼마 안 남았다는 말을 태연하게 하는 엄마. 그 옆에서 말없이 미소 짓고 있는 소녀. 나는 차마 두 사람을 쳐다볼 수 없어서 시선을 피했다.

'이런 데 결혼반지는 왜 끼고 와서.'

아무 대답도 하지 못하고 애꿎은 반지만 만지작거렸다.

"얘 이번에 수능 봐요. 꼭 보고 싶다고 하길래 내가 문제집 사다 줬어요. 학교도 거의 못 나가고, 아파서 공부도 제대로 못 했죠. 내가 친척들한테 우리 애 수능 본다고 얘기했더니, 애가 그 몸으로 무슨 공부냐고 말리래요. 그래서 내가 뭐라 했는지 알아요?"

"……."

"이 젊은 애가 죽는 날만 기다리고 있길 바라냐고, 아주 그냥 악다구니를 썼지. 난 앞으로도 얘가 하고 싶은 거면 뭐든지 다 하라고 할 거예요."

아마 그때 두 사람이 눈물이라도 흘렸다면 마음이 덜 아팠을지도 모른다. 그녀는 딸의 손을 쓰다듬으며 별일 아닌 듯 담담히 '얼마 남지 않은 삶'에 대해 이야기했다. 지금까지 얼마나 많은 눈물을 쏟아 냈으면 울지 않고 저런 말을 할 수 있을까? 감이 오지 않았다.

우리는 자신의 미래를 이야기할 때, '평균 수명까지 산다고 가정하면'이라는 말로 시작한다. 평균 수명은 말 그대로 여러 사람이 죽은 나이를 모두 더해서 짐작하는 예상치일 뿐인데, 나 역시 내 인생의 끝을 그렇게 정하는 것에 아무런 의심이 없었다.

십 대에는 좋은 대학에 가고, 이십 대에는 남들이 알아

주는 회사에 취직하는 걸 목표로 삼았다. 결혼하고 나서도 목표를 세웠다. 삼십 대에는 박사 학위까지 딴다, 사십 대에는 대학교수가 된다, 이런 식으로 이어진 계획의 끝은 늘 여든 살로 잡았다.

암에 걸리기 전에 나는 아는 길도 내비게이션을 켜고 가는 사람이었다. 골목을 빠져나와서 큰길로 직진하다가 우회전만 하면 되는 집 근처 대형마트도 내비게이션을 켜고 갔다. 다 아는 길이라도 지도가 없으면 불안했다.

그런데 항암치료를 받으면서는 내비게이션이 고장 난 자동차를 탄 기분이었다. 낯선 길을 혼자 헤매는 것 같았다. 이 길 끝에 뭐가 있는지, 내가 가는 길이 맞기는 한 건지 불안하기만 했다. 어디로 가도 경로를 재탐색하라는 경고음만 반복됐다.

암에 걸리기 전의 나였다면 어땠을까? 아마 소녀의 친척들처럼 시험 보는 것을 말렸을지도 모른다. 수능은 애초에 대학 입학이라는 목표를 가지고 보는 시험 아닌가. 대학도 못 다닐 텐데 수능이 무슨 의미가 있냐고, 뭐하러 헛수고하느냐고 다그쳤을 게 뻔하다.

소녀의 엄마가 친척들에게 던졌던 질문이 나에게 돌아와 꽂혔다.

"너 이렇게 죽는 날만 기다리는 사람처럼 살 거야?"

그때 나는 소녀보다 몸이 덜 아팠는데, 마음은 훨씬 병들어 있었다. 누워서 유튜브만 보면서 지내는 날들이었다. 손바닥만 한 화면 안에서 남들이 살아서 웃고, 떠들고, 노래하고, 춤추는 걸 구경했다. 그걸 보면서 나는 죽은 듯 웃지 않고, 말하지 않고, 움직이지 않았다. 무얼 시작하려고 애쓸 때마다 '이건 해서 뭐해?' '이게 다 무슨 소용이야?' 라는 생각이 내 머리채를 잡고 주저앉혔기 때문이다.

그날 두 사람은 내가 잠시 앉을 자리만 마련해 준 게 아니었다. 살아갈 용기와 지혜도 같이 내주었다. 소녀처럼 죽음이 발끝에 와 닿는 느낌이 들 때도 내가 그렇게 담담할 수 있을지 자신은 없다. 하지만 하나 분명히 배운 건 언제 죽을지 모른다며 불안에 떨지 말고, 내가 살아 있는 지금 이 시간을 누려야 한다는 것이다.

이제는 내 인생이 어디로 향할지 미리 정하지 않는다. 내비게이션에 목적지를 입력하지 않으니까 경로를 재탐색하라는 경고음도 들리지 않는다. 목적지를 정하지 않은 건 갈 곳이 없다는 게 아니다. 아무 곳에나 가도 괜찮다는 뜻이다. 어디에 닿든 그곳이 목적지가 되어 여행하면 충분히 즐거운 삶이 되지 않을까?

"그냥 해."

습관적으로 목표를 정하려고 할 때마다 이 말을 주문처럼 외운다. 그냥 하는 건 대충하는 게 아니다. 자꾸 멀리 내다보지 말고, 지금에 집중하라는 뜻이다.

특히 글을 쓸 때, 그냥 하라는 말을 수시로 한다. 책을 쓰겠다는 목표가 있을 땐, 한 문장을 쓰는 것도 어려웠다. 자꾸 단어를 고르고, 문장을 다듬느라 커다란 나무가 이쑤시개만 해졌다. 그래서 그냥 한다. 이 글이 책이 되든 말든, 신경 쓰지 않고 내가 하고 싶어서 하면 즐겁다. 그러고 나서 책이 되면 좋지만, 아니면 즐거웠으니까 된 거다.

"엄마 이제 작가 되는 거야?"

아이는 내가 노트북을 두드리고 있으면 턱을 괴고 옆에 앉아 몇 번씩 이렇게 물었다. 한참 인물 만화 읽기에 빠져서 엄마도 이런 책에 나오냐고 한 술 더 떴다. 조앤 롤링과 버지니아 울프가 표지에 그려진 책을 들고 와서 부담을 줬다. 그때 복사해서 붙여넣기 하듯 내 대답은 같았다.

"엄마가 작가가 될지 안 될지는 모르지만, 그냥 계속 쓸 거야."

오늘도 나는 그냥 한다. 목표 없이 산다.

불행을 예습하지 말아요

[골수검사를 할 때 텍사스 전기톱으로 몸을 반토막 내는 기분이었습니다.]
[항암치료를 하면서 멀쩡한 곳도 썩고 있네요. 신장염, 방광염, 피부염, 구내염이 동시에 생겨서 약을 한 움큼씩 먹고 있어요.]
[항암제 때문에 머리카락도 빠지고, 눈썹도 빠지고, 피부는 나무껍질처럼 갈라졌습니다.]

괜히 봤다 싶었다. 네이버에 내 병명인 '악성 림프종'을 검색했다가 후회가 밀려왔다. 이게 앞으로 나에게 닥친 미래라니. 블록버스터급 재난 영화를 보는 기분이었다. 뭔가 비현실적이지만 그렇다고 해서 일어나지 않으리라는 법도 없을 것 같은 그럴듯한 영화 말이다. 환자들의 블로그에는 치료 과정에서 느낀 공포가 살아서 펄떡거렸다.

나의 병명은 혈액암 중에서도 림프종, 그중에서도 악성 림프종, 그중에서도 소포 림프종이었다. 림프종 종류만 50가지가 넘는다고 하니, 내 몸속에 있는 소포 림프종은 좀 다르지 않을까. 다시 초록색 네모난 창에 '소포 림프종'을 쳐 봤다.

"소포 림프종은 림프절과 골수, 비장을 침범한다. 현재까지 완치는 불가능하나 느리게 자라는 종양이므로 절반 이상의 환자가 진단 후 8년 이상 생존한다."

환자 가운데 절반 이상이 8년 넘게 살 수 있다는 희망적인 내용은 뿌옇게 처리된 채 '현재까지 완치는 불가능하다.'는 말만 커다란 글씨로 바뀌어 눈에 들어왔다. 완치가 불가능하다는 말은 평생 암환자로 살아야 한다는 뜻. 갑자기 암막 커튼이 쳐진 듯 모든 빛이 차단됐다.

'내가 불치병 환자라니.'

거의 3일 동안 밥도 제대로 못 먹고 네이버 블로그와 카페를 이 잡듯이 뒤졌다. 그러는 동안 몸무게가 2kg 빠졌다. 얼굴빛은 회색이 됐다. 아는 게 병이라는 말은 나를 보고 하는 얘기였다. 완치 불가능이라는 말이 계속 내 머릿속을 떠다녔다. 며칠 새 한껏 위독해진 느낌이었다.

혼자 방구석에 처박혀 울고만 싶은데, 분위기 파악이 안 되는 애가 내 옆에 항상 같이 있었다.

"어디가 아프세요?"

아이가 병원 놀이를 하자고 해서 누워 있는데, "배가 아파요." 하다가 갑자기 눈물이 났다. 속 모르는 아이가 "아, 많이 아프시군요." 하면서 플라스틱 주사기로 내 배를 꾹 눌렀다.

"다 됐습니다. 다 나았어요!"

아이 때문에라도 다 나아야 했다. 그러려면 무너진 마음을 추스르는 게 먼저였다. 더 이상 림프종, 혈액암 같은 단어를 검색하지 않겠다고 결심했다.

'불행을 예습할 필요는 없어!'

다른 사람의 고통까지 빌려다가 미리 불행해질 필요는

없었다. 피할 수 없다면 즐기진 못하더라도 견뎌내야 했다.

공포스러웠던 골수검사도 항암치료도 모두 끝나고 보니, 암을 치료하는 과정은 한마디로 아이를 낳는 것과 비슷했다. 나는 임신 5개월 때까지 하루 종일 총각무 하나와 김 한 봉지, 밥 한 공기만 겨우 먹을 정도로 입덧이 심했다. 다행히 출산은 수월한 편이어서 진통 세 시간 만에 아이를 낳았다. 반대로 입덧이 없어서 스스로 '임신 체질'이라고 했는 친구 K는 스무 시간 넘는 진통 끝에 아이를 만날 수 있었다. 똑같이 아이를 낳았지만 실제 경험은 사람마다 이렇게 다르다.

암도 마찬가지였다. 두통과 구내염은 항암치료 내내 지긋지긋하게 나를 괴롭혔다. 손끝 저림과 다리 근육의 경련 때문에 잠 못 이루던 밤들을 떠올리면 어떻게 견뎠나 싶다. 그런데 이런 부작용이 괴롭긴 했어도 미리 겪은 사람들의 이야기를 읽으며 상상했던 모든 부작용을 내가 다 겪은 건 아니었다. 오히려 겪지도 않을 고통까지 가상체험했던 게 후회스러웠다.

암을 경험하고 나니 과연 내가 무언가를 예측하고 준

비하는 게 살아가는 데 얼마나 도움이 되나 회의감이 들었다. 원래 나는 미리 알아보고 대비하는 걸 중요하게 여겼다. 앞으로 닥칠 일을 계획하고 준비해야만 마음이 편했다.

하지만 지난 시간을 돌이켜 보면 예상했던 것보다 훨씬 좋았던 적도 있고, 생각보다 끔찍했던 적도 있었다. 예측이란 그저 닥치지도 않은 미래를 상상하는 것, 그 이상도 이하도 아니었다. 미리 경험한 사람의 길이 내 앞에 펼쳐지리라는 보장은 없다. 설령 그 길을 내가 그대로 따른다 해도 모든 불행을 피할 수는 없지 않을까?

나는 내 인생을 예측하지 않고 살아 보기로 마음먹었다. 아주 좋을 거라는 기대도, 정말 최악일 거라는 걱정도 하지 않는다. 자꾸 멀리 내다보려 하지 말고 징검다리를 건널 때처럼 바로 앞만 보려 한다. 그렇게 불행을 예습하지 않고 당장 오늘 몫의 하루를 산다.

깍두기는 사양합니다

지난해 아이는 학교에 간 날보다 안 간 날이 더 많았다. 코로나 바이러스 때문이었다. 일주일에 고작 두 번, 그마저도 발열 체크를 해서 37.5도가 넘지 않을 때 학교에 갈 수 있었다. 목이 아프거나 기침만 해도 등교 불가였다.

아이가 다니는 초등학교 정문에 현수막이 걸렸다.

[아프면 학교에 오지 않습니다.]

당연한 말이 낯설게만 느껴졌다. "아파도 학교에 가서 아파야 한다."는 말을 듣고 자란 세대여서 그럴 것이다.

학창시절 나는 졸업식 날마다 개근상을 받았다. 졸업할 때까지 한 번도 결석하지 않았다는 뜻이다. 요즘도 그런지 모르겠지만, 당시에는 2~3일 결석한 아이들이 받는 정근상도 있었다. 개근상이나 정근상은 특별한 상이 아니었다. 다들 졸업장이랑 같이 받는 상쯤으로 여겼다.

그 시절 아이들이 지금보다 건강해서 학교에 안 빠졌던 걸까? 물론 그럴 수도 있다. 하지만 내 생각엔 아파도 학교에 가서 아파야 한다는 말에 등 떠밀렸던 것 같다. 당시엔 웬만큼 아픈 건 참아야 하는 줄 알았다. 내 몸이 보내는 신호를 무시해야 하는 줄 알았다. 그렇게 인내한 대가로 상을 받았으니까.

6년 전 여름, 혈액암이 골수에 침범했는지 확인하기 위해 검사를 받던 날이었다. 워낙 아프다는 후기를 많이 본 터라 골수검사를 시작하기도 전에 울 것 같았다.

"얼마나 아파요?"

간호사 선생님은 나의 간절한 눈빛을 외면하면서 대답했다.

"제가 검사를 받아 보진 못했지만, 지금까지 안 아프다고 하는 분은 없었어요."

괜한 질문을 해서 한숨만 더 깊어졌다. 도망치고 싶은 마음을 겨우 달래서 검사실에 들어갔다.

방에는 침대 두 개가 놓여 있었다. 내 이름이 적힌 창가 쪽에 자리를 잡았다. 막 침대 주변으로 커튼을 치려고 할 때였다. 감색 양복 차림에 넥타이를 맨 남자가 방으로 들어왔다.

"네, 네, 오늘은 제가 외근을 나와서 나중에 사무실 들어가면 연락 드리겠습니다. 저번에 발주하신 건은 김 대리한테 처리하도록 부탁해 놨습니다. 다시 전화 드리겠습니다."

오십 대쯤 되어 보이는 남자는 침대에 적힌 자기 이름을 확인하며 '외근 중'이라고 했다. 양복까지 차려입고 골수검사를 받으러 오다니. 통화 내용으로 추측컨대 주변 사람들에게 암에 걸린 걸 숨기고 있는 것 같았다. 전화를 끊고 나와 눈이 마주친 남자는 멋쩍은 듯 웃었다. '외근' 나온 남자와 나는 나란히 누워 골수검사를 받았다.

그 남자의 사정을 말하지 않아도 알 것 같았다. 나 역시 아무한테나 암에 걸린 사실을 밝히고 싶지 않았다. '정상'처럼 보이고 싶었기 때문이다. 당뇨나 고혈압처럼 암도 평생 관리하는 질병이라고 하지만, 여전히 불치병이라는 인식이 더 강하다. 암환자에게는 당연스레 시한부라는 꼬리표가 붙는다.

암에 걸리고 나서 나는 '깍두기'가 된 것 같았다. 어린 시절 얼음땡을 하면 언니 오빠들은 항상 나를 깍두기 시켰다. 술래한테 잡혀도 자기들끼리 "쟤는 깍두기니까 봐주자."고 했다. 엄청난 혜택을 받았는데 즐겁지가 않았다. 얼음땡은 잡힐까 봐 아슬아슬한 긴장감을 느끼고, 술래가 되지 않으려 혼신의 힘을 다해 도망가는, 그런 재미에 하는 놀이 아닌가? 조금의 긴장감도 없는 깍두기가 무슨 재미를 느낄 수 있었겠는가.

암환자가 된 후로 무언가 새로운 일을 하려고 하면 "그냥 가만히 쉬어라." "스트레스 받아서 재발하면 어쩌려고 하느냐?"는 말을 들어야 했다. 건강하기를 바라는 마음은 고맙지만, 그런 말을 들을 때마다 나를 주저앉히는 기분이었다. 반발심도 생겼다. 왜 다들 생산성 있는 일을 하면서 사는데, 나는 그저 살아 있기만 하라는 건지.

가족들도, 친구들도, 이 사회도 암환자에게는 그냥 살아만 있으면 된다고 한다. 자꾸 깍두기 시킨다. 물론 나도 안다. 살아 있는 게 먼저라는 걸. 살아야 공부도 하고 취직도 하고 결혼도 할 수 있다는 걸. 그런데 인생이 꼭 살아만 있다고 해서 재밌는 건 아니다. 긴장감도 없고 안간힘 쓸 필요도 없는 얼음땡이 신나지 않았던 것처럼 말이다.

그런 특별대우가 반갑지 않았던 건, 아픈 내가 '비정상' 처럼 느껴졌기 때문이다. 건강한 사람들은 살아 있는 걸 목표로 살지 않으니까. 하지만 아픈 건 비정상이 아니다. 너무나 자연스러운 일이다. 평생 안 아프고 사는 게 오히려 비정상이다.

나는 암환자라고 해서 깍두기가 되고 싶지 않았다. 남들을 일일이 설득할 수는 없으니 그저 내가 나를 특별대우 하지 않았다. 먹는 것부터 그랬다. 항암효과가 좋다는 음식만 고집하지 않고 먹고 싶은 걸 먹었다. 피자나 치킨도 먹고, 가끔은 맥주도 한잔했다. 스트레스보다 나쁜 음식은 없다는 마음으로 먹을 때는 죄책감을 갖지 않았다.

대신 식사 때마다 단백질과 채소를 조금 더 챙겨 먹었다.

특별히 운동도 하지 않았다. 요가를 배우러 갔다가 너무 힘들어서 그만뒀다. 체력이 약해진 상태라서 따라가기가 버거웠다. 대신 내가 할 수 있는 만큼만 움직였다. 동네를 산책했다. 빨래, 청소, 설거지 같은 집안일을 운동처럼 했다. 드릴로 못을 박아 커튼을 달고, 책장이나 선반을 조립하는 일도 스스로 했다. 남편은 자기한테 시키지 그랬느냐고 펄쩍 뛰었지만, 무리하지 않는 선에서 직접 했다.

영화 「어바웃 타임」에는 시간을 마음대로 넘나드는 주인공 팀이 등장한다. 영화는 팀이 시간 여행을 하며 진정한 사랑을 찾기 위해 애쓰는 것에 초점을 맞추지만, 내가 눈여겨본 건 주인공의 아버지였다.

팀의 아버지는 아들과 마찬가지로 시간 여행을 할 수 있지만, 폐암에 걸린 뒤 은퇴해서 책을 읽거나 아들이랑 탁구를 하며 일상을 보낸다. 암에 걸렸다고 해서 대단한 이벤트를 만들기보다는 원래 누렸던 소소한 행복을 이어가는 것이다. 그는 죽기 직전 마지막 시간 여행 기회가 왔을 때, 주저없이 아들의 어린 시절로 돌아간다. 소년이던 아들과 바닷가에서 산책하며 평범한 하루를 보내는 것이 그가 바라는 마지막 소원이었다.

나도 평범한 하루를 특별하게 여기며 살고 싶다. 아픈 걸 무시한 채 애써 상을 받으려 하지 않겠지만, 그렇다고 특혜를 받으며 깍두기가 되고 싶지도 않다. 영화 「어바웃 타임」 주인공의 대사로 내 마음을 대신해 본다.

"난 그저 하루하루를 이날을 즐기기 위해 시간 여행한 것처럼 살려고 노력할 뿐이야. 오늘이 특별하면서도 평범한 마지막 날인 것처럼."

막내딸처럼 돌봐줘요

암 정기 검진을 하러 병원에 가는 날은 다른 일정을 잡지 않는다. 버스 타고 왔다 갔다 하는 시간은 그렇다 쳐도, 대기시간이 고무줄처럼 늘어나서 언제 끝날지 알 수가 없기 때문이다.

2년 전 여름, 정기검진에 갔던 날이었다. 그날도 진료 예약시간이 한참 지나도록 내 차례는 오지 않았다. 진료실 문 옆에 있는 현황판에 '대기 지연 70분'이라는 안내가 보였다.

진료실 문 앞에서 지키고 있어 봤자 내 이름을 먼저 불러 주는 건 아니다. 책이라도 읽어야겠다고 생각하면서 진료실 건너편에 있는 '암정보 교육센터'로 향했다.

센터 입구 왼쪽에는 교육과 행사를 접수하는 곳이 있고 맞은편은 작은 도서관으로 꾸며져 있다. 암정보 센터라는 이름에 걸맞게 건강 서적, 그중에서도 암에 관한 책이 주를 이룬다.

'무슨 책을 고를까?'

서성거리고 있는데 화분에 물을 주고 계시던 분과 눈이 마주쳤다. 칠십 대쯤 되어 보이는 할머니가 분홍색 앞치마에 자원봉사자 명찰을 달고 계셨다.

"저도 자원봉사를 하고 싶은데, 혹시 어디에 신청하면 되는지 알 수 있을까요?"

내가 건넨 질문을 시작으로 우리는 한 시간 남짓 대화를 나누게 되었다. 완치 판정을 받고 7년이 지난 유방암 환우라는 그녀에게 나는 작년까지 혈액암으로 치료받았다고 소개했다. "젊은 사람이 어쩌다가……."로 이어지는 위로를 한참 듣다가 나도 모르게 속마음을 털어놓게 됐다.

자꾸 불쑥불쑥 억울한 생각이 든다고. 뭘 시작하려고 해도 자신이 없다고. 난 씩씩하게 살려고 하는데, 그렇다고 주변에서 무조건 괜찮은 줄 아는 건 억울하다고. 갑자기 봇물 터지듯 하소연을 하는 나를 보며 자원봉사자 할머니는 "알지, 그 맘 알지."라며 고개를 끄덕이셨다. 그리고 내 손을 꼭 잡으셨다.

"아기 엄마, 나 그냥 진짜 할머니라고 생각하고 편하게 들어 줘요. 딸이 하나랬지? 애 이름이 뭐예요?"

"율이예요."

"그렇구나. 그럼 지금부터 딸 하나 더 키운다고 생각하고 나를 돌봐요. 율이가 첫째고, 내가 막내딸이라고 생각해요. 율이보다 나를 더 먼저 돌봐줘요."

"네, 꼭 그럴게요."

"그리고 절대 주변 사람들한테 괜찮다고 하지 말아요. 아프면 아프다고 해야 해. 남한테 내가 100퍼센트 잘해 주면, 그 사람이 고마워할 것 같지? 아니에요. 95퍼센트만 돼도 서운하다고 해. 남한테 애쓰지 마요. 지금은 우선 나한테만 애써요."

할머니가 손녀의 상처를 어루만지듯, 그분은 내 손을 오래도록 쓰다듬어 주셨다. 그리고 몇 번이나 "너를 위해 살라."고 하셨다. 말없이 고개를 끄덕이는 나에게 다시 물으셨다.

"아프고 나니 제일 많이 도와주는 게 친정엄마죠? 이렇게 다 커도 엄마가 필요한데, 아직 여덟 살인 애는 오죽하겠어. 율이가 자식 낳을 때까지 살아 있어요. 그때까지 살아서 곁에 있어 줘요."

아이 얘기가 나오니 눈물이 멈추질 않았다. 한참 훌쩍이다 보니 진료시간이 다 되어 있었다. 감사하다고, 감사하다고 몇 번이나 허리를 숙이고 나는 다시 진료실로 향했다.

계절이 여러 번 바뀐 지금, 나는 그때 만난 자원봉사자 할머니와의 약속을 어길 때가 많다. 여전히 나보다는 남편과 딸을 위해 애쓰며 사는 기분이 든다. 내 마음도 몰라주는 가족들 때문에 억울하고 속상할 때도 있다. 당신 너무 이기적이라고 남편을 탓하고, 엄마 좀 내버려 두라고 딸에게 버럭 화를 내기도 한다. 그러고 나면 기분이 나아질까? 아니다. 내가 어리석고 못나 보여 더 괴롭다.

'나를 막내딸처럼 돌보자.'

그때가 바로 눈물 많고, 짜증 잘 내는 '막내딸'을 더 아껴 줘야 할 시간이다. 괜히 혼자 애쓰고 본전 생각하지 말라고 막내딸을 혼내고 싶지만 꾹 참는다. 대신 씩씩하게 잘하고 있다고 궁둥이도 두드려 주고 엄지손가락도 세워 준다. 비위 맞추기 참 힘든 '막내딸'이지만 다그치지 않고, 오늘도 한 번 더 달래 준다.

2부

들어 주기

그저 고개를 끄덕이며

장미꽃을 받아도 향기를 맡지 못할 때가 있다.
꽃을 보는 대신 가시를 움켜쥐고 괴로워하기
때문이다. 위로를 하고 싶을 땐 조금만
기다려 주면 어떨까? 당신이 건넨 장미 향기를
맡으며 감사를 표현할 수 있을 때까지만.

나의 무례하고 따뜻한 엄마

"하여간 너만 잘난 줄 알지? 너는 뭐 혼자 하늘에서 뚝 떨어진 줄 알아?"

너 같은 딸 낳아 보라는 엄마의 저주 탓에 나 같은 딸을 낳은 게 분명하다. 따박따박 말대꾸하는 딸내미를 볼 때면 30년 전 내 모습이 이랬겠구나 싶다. 문득 어린 시절 엄마가 했던 말이 귓가에 맴돈다. 내가 보기엔 나만 한 딸이 없는 것 같은데, 엄마는 칭찬은 못 할 망정 너만 잘난 줄 아냐고 했다.

나는 학창 시절 반장, 부반장을 놓치지 않았다. 공부도 곧잘 했다. 대학생이 되어서는 악착같이 아르바이트를 해서 부모님께 손을 벌리지 않았다. 어학연수를 갔을 땐 학원을 다니면서 생활비를 벌었다. 한국에 돌아와서는 대학 졸업도 하기 전에 언론사 입사 시험을 통과해서 기자가 됐다.

뭐든 스스로 척척 해내는 딸을 보고 까탈스럽다니. 업고 다녀도 모자란 딸을 못마땅해하는 게 이해가 안 됐다. 엄마가 구박할수록 나는 더 악착같이, 보란 듯이 해냈다. 엄마가 나를 인정할 때까지. 엄마가 나한테 항복할 때까지.

아이를 낳고서 엄마랑 싸우는 일은 더 많아졌다. 나는 아이를 넷이나 낳고 키운 베테랑한테 사사건건 대들었다.

"엄마, 요즘엔 그렇게 안 해. 인터넷 찾아보면 다 나오는데 왜 억지를 부려?"

"너는 뭘 모르면서 그렇게 나서. 네가 애 키워 봤어? 하여간 지가 제일 잘났지."

"됐어. 엄마랑은 말이 안 통해, 정말. 내가 다시는 엄마한테 도와 달라고 하나 봐라!"

우는 아이를 안고 친정집을 나서면서 엄마한테 못된 말을 퍼부었다. 그래도 진정이 안 돼서, 분이 안 풀려서 눈물을 뚝뚝 흘렸다. 다시 한번 오기가 생겼다. 내가 악착같이 혼자 키우고 말리라. 엄마한테 더 이상 아쉬운 소리 하고 싶지 않았다.

그렇게 내가 알아서 한다고 큰소리 탕탕 치던 딸이라도 암에 걸리고 나서는 별 수 없었다. 검사도 받고 항암치료도 하려면 보호자가 필요했다. 의사인 남편은 남의 병을 고치느라 바빴다. 시어머니는 아이를 맡아 주셨다. 병원엔 엄마와 함께 가야 했다.

처음 항암치료를 받으러 가던 날, 입원 가방을 들고 내 뒤를 따르던 엄마는 아무 말이 없었다. 입원실 침대에 적힌 내 이름 석자를 확인하고, 옆에 있는 캐비닛에 조용히 짐을 풀었다. 엄마는 입을 꾹 다문 채 벌게진 눈을 비비고 있었다.

"오늘 투약하게 될 항암제는 총 세 가지예요. 담당 선생님 오시면 바로 시작할 테니까 조금만 기다려 주세요."

간호사 선생님께서 케모포트에 바늘을 연결하고 가시면서 항암 일정을 설명하셨다.

"암이 웬 말이야. 나는 오늘 죽어도 그만인데. 내가 걸렸어야지. 젊은 네가 왜 이런 병에 걸려서…….”

“엄마, 말도 안 되는 소리 제발 그만 좀 해.”

눈시울이 붉어진 엄마를 쏘아보고 돌아누웠다.

‘꼭 저렇게 청승맞게 말을 해야 해?’

주책없는 엄마 때문에 화가 났다. 내 뺨에도 눈물이 흘렀다.

곧이어 항암치료가 시작됐다. 유리병에 든 항암제는 눈물방울처럼 똑똑 떨어졌다. 역한 약 냄새를 맡으며 눈을 질끈 감았다. 말은 그렇게 했지만, 나 역시 젊고 건강했던 내가 왜 여기 누워 있어야 하는지 실감이 나지 않았다.

항암제가 몸속으로 들어간 지 5분이나 지났을까? 갑자기 가슴이 답답해지더니 배가 아팠다. 이리저리 뒤척거리는 나를 보며 엄마는 왜 그러냐고 물었다. 배가 아프다는 말이 채 끝내기도 전에 극심한 고통이 느껴졌다. 순식간에 몸 안의 모든 장기가 끊어지는 것 같았다.

도저히 참을 수 없어 화장실에 데려다 달라고 했다. 엄마의 부축을 받으며 간신히 화장실 변기에 앉으니 다리가 후들거렸다. 통증은 전혀 진정되지 않았다. 다시 침대로 돌아가는 수밖에 없었다. 변기에서 나를 일으켜 세우려던 엄마가 '으악' 하고 비명을 질렀다. 변기 물이 시뻘겋게 물들어 있고 내 바지에도 피가 묻어 있었다. 긴급 호출을 받고 간호사 선생님들이 달려왔다. 엄마는 배를 움켜쥐고 쓰러진 내 곁에서 고래고래 소리를 질렀다.

"이 사람들이 누구를 죽이려고 하나? 내가 우리 딸 살려 달라고 했지, 죽이라고 했어요? 아가씨, 아가씨! 이거 다 빼요. 우리 집에 갈 거니까. 항암이고 뭐고 됐어요!"

"어머님, 진정하세요. 환자분 혈압이 거의 두 배가 됐어요. 항암제 때문에 일시적으로 쇼크가 온 거예요. 우선 약 투입을 멈췄으니까 잠시만 진정하세요."

"됐어요! 아가씨, 내 말 안 들려요? 우리 항암 안 해요. 집에 간다니까요?"

간호사 선생님을 '아가씨'라고 부르며 삿대질하고 있는 엄마. 너무 부끄러워서 말리고 싶은데 목소리가 나오질 않았다. 나는 바위처럼 무거워진 손으로 겨우 엄마 옷을 잡아당겼다.

"어… 어… 엄마…… 엄마……. 그… 그만…… 그만해."

항암제 투입이 멈추고 나자 정신이 돌아왔다. 엄마도 그제야 정신을 차렸다. 시야가 밝아지니 내 침대 주위로 모여든 간호사, 의사 선생님과 다른 환자의 보호자들이 보였다. 엄마는 내 손을 꼭 잡으며 괜찮냐고 물었다.

"보통 세 가지 항암제를 여덟 시간 동안 맞는데, 환자분은 한 번에 투입되는 양을 완전히 줄여야 할 것 같습니다. 쇼크가 심하게 오네요. 시간을 최대한 늘려서 스물네 시간 동안 맞는 걸로 할 테니 지켜보시죠."

의사 선생님 말씀대로 천천히 투약을 하니 더 이상 쇼크 반응은 나타나지 않았다. 한참 동안 앉지도 못하고 서성이던 엄마도 밤이 늦어서야 간이침대에 쪼그리고 누웠다.

"엄마, 아무리 그래도 그렇지, 아까 간호사 선생님한테 막 삿대질하고, 아가씨라고 하면 어떡해. 그럼 안 되지."

"그래, 알아. 내가 사과했잖아. 그 와중에 무슨 정신이 있었겠어? 나는 너 진짜 죽는 줄 알았어."

"나도 아파서 죽는 줄 알았어……. 엄마도 아까 피 난 거 보고 깜짝 놀랐지? 그렇지?"

대답 대신 낮게 코 고는 소리가 들렸다. 긴장이 풀어진 엄마는 그렇게 잠들어 버렸다. 여전히 굳은 표정으로 잠든 엄마를 보니 갑자기 피식 웃음이 났다. 딱딱한 병원 침대에 누워 복도에서 새어 나오는 불빛을 스탠드 삼아 일기를 썼다. "나는 엄마를 미워하느라 너무 많은 시간을 낭비했다."로 시작하는 글이었다.

그날 엄마한테 부끄럽다고, 무식해 보인다고 했지만 내 마음속 어린 나는 행복했다. 눈앞에 뵈는 것이 없는 엄마의 모습을 보면서, 어려서부터 늘 고팠던 온전한 사랑을 흠뻑 느꼈다. 하늘에서 혼자 뚝 떨어진 것처럼 굴었던 나는 이제 더 이상 엄마한테 "내가 알아서 할게!"라고 큰소리치지 않는다. 대신 "엄마, 도와줘서 고마워."라고 말한다.

암에 걸리고 나서야 깨달았다. 나보다 나를 걱정하는 사람, 나 대신 죽을 수도 있다고 말하는 사람, 그 사람이 엄마라는 걸. 다 큰 어른이 되어서도, 누군가의 엄마가 되어서도 엄마가 필요하다는 것을.

환자가 아니라 부탁하는 사람입니다

아침부터 아이의 기침 소리가 심상치 않았다. 사우나에 다녀온 듯 얼굴이 벌겋게 달아오르더니 저녁이 되어서는 밥도 제대로 삼키지 못했다. 목에 염증이 생긴 듯했다. 아이는 컨디션이 안 좋으면 종종 목이 부었다. 그러면 꼭 열이 났다.

러닝셔츠와 팬티만 입힌 아이를 침대에 눕혔다. 그리고 미지근한 물을 받아 와서 부드러운 수건에 적셨다. 이마에 젖은 수건을 갖다 대자 아이는 끙 하고 앓는 소리를 냈다. 밤새 아이 몸을 물수건으로 닦아서 열을 내렸다.

다음 날 아침, 반짝 눈을 뜬 아이가 나를 와락 끌어안았다. 알맞게 식은 아이의 몸이 반가웠다.

"엄마, 나는 아픈 게 싫지만 좋아."

그게 무슨 말인지 물으니 아이가 삐쭉 웃으며 대답했다.

"아플 때 엄마가 나를 더 사랑하는 거 같아서. 엄마가 이렇게 계속 돌봐 주고 나보고 괜찮냐고 물어보고 그러니까. 싫지만 좋아."

아이의 대답에 고개를 끄덕였다. 그 마음을 너무 잘 알 것 같았다.

서른이 넘도록 나는 혼자 잘나서 척척 해내는 줄 알고 살았다. 자존심이 세서 도와 달라는 말도 잘 못했다. 다른 사람에게 의지하지 않는 게 쿨하다고 생각했다. 내 힘으로 이만큼 해냈다고 뽐내고도 싶었다.

가장 가까운 엄마나 남편한테도 마찬가지였다. 엄마가 거들려고 하면 "됐어, 괜찮아."라고 대꾸했다. 그저 자기 잘난 맛에 사는 딸이었다. 남편한테도 힘들다는 말을 좀처럼 하지 않았다. 늘 "걱정 마. 내가 알아서 할게!"라고 안심시켰다.

'곁'이라는 말에는 가까이에서 보살펴 주거나 도와줄

만한 사람이라는 뜻이 있다. 그러니 곁을 주지 않는다는 건 다른 사람에게 나를 보살피고 도울 기회를 주지 않는다는 의미일지도 모른다. 독립적이라고 자평했지만, 사실 나는 누구에게도 곁을 주지 않는 깍쟁이였다. 하지만 혼자서 얼마나 잘할 수 있는지 증명하려다 보니 반드시 무리하게 됐다. 어디에도 기대지 않고 버티다 보니 마음은 점점 더 까끌까끌해졌다.

암에 걸리고 나서 나는 도움이 절실히 필요한 사람이 됐다. 혼자서 버틴다고 되는 일이 아니었다. 물론 처음에는 도움받는 상황이 어색하기만 했다. 이렇게 민폐를 끼쳐도 되나 싶었다. 내 몸이 아픈 것보다 주변 사람들에게 미안해서 더 괴로웠던 적도 있었으니까. 그렇다고 해도 혼자서는 방법이 없었다. 주변 사람에게 의지할 수밖에 없었다.

누가 봐도 도움을 받아 마땅한 처지가 되고 나서야 말할 수 있게 됐다. 힘드니까 도와 달라고, 아파서 쉬어야겠다고. 아이 말대로 아픈 건 싫지만, 한편으로는 좋았다. 까끌까끌했던 마음이 보드라워지는 느낌이었다.

학교에서 처음 한자를 배울 때, 선생님은 '사람 인(人)'

자를 크게 칠판에 쓰면서 말씀하셨다. 사람은 이처럼 서로 기대어 살아야 한다고. 어린 나는 그 말이 무슨 의미인지 잘 몰랐다. '왜 기대어야 하지? 그냥 각자 알아서 꿋꿋하게 잘 살면 되지.'라고 생각했다.

부탁을 자주 하는 입장이 되고 나서 그 한자를 종종 떠올렸다. 중요한 건 기댄다는 동사가 아니었다. '서로'라는 부사였다. '사람 인(人)'은 한쪽만 기대어 있는 게 아니라 서로 기대고 있다. 한 명만 기대면 상대방이 버티기 힘들지만, 서로 기대면 의지가 되어서 쉽게 무너지지 않는다. 사람답게 기대어 살려면 서로에게 곁을 내줘야 한다는 뜻이다.

도움을 받는다는 건, 주변에 폐를 끼치는 게 아니었다. 곁을 내주는 것이었다. 내가 먼저 남에게 도와 달라고 해야, 남도 나에게 도와 달라고 할 수 있었다. 차가운 금속 젓가락처럼 나란히 누워 있던 마음이 '사람 인(人)' 자 모양으로 기댈 수 있었다.

드라마 「응답하라 1988」에서 엄마가 혼자 외가댁에 가고 아빠와 아들들만 남아서 벌어지는 에피소드가 기억난다. 엄마의 규칙을 따르지 않아도 된다는 해방감에 세 남자는 아무렇게나 먹고 자고 온 집 안을 더럽힌다. 며칠 뒤 갑작스레 엄마가 돌아온다는 걸 알게 된 셋은 미친 듯이 청소해서 집을 원상 복귀시킨다.

당연히 엉망진창일 거라고 예상한 엄마는 집 안을 꼼꼼히 점검한다. 하지만 모든 면에서 완벽하게 정리된 집을 보고 당황한다. 아빠는 그런 엄마에게 자랑스럽게 말한다. 당신 없어도 우린 아무 문제 없다고.

그때 눈치 빠른 둘째 아들이 엄마의 표정을 읽는다. 그러고는 일부러 연탄을 떨어뜨리고, 형의 손을 뜨거운 냄비에 데게 하고, 뻔히 보이는 양말을 못 찾겠다고 엄마를 부른다. 엄마는 싫지 않은 표정으로 목소리를 높인다. 하여간 나 없으면 다들 어쩌려고 그러냐고.

이 에피소드를 볼 때, 나를 못마땅해하던 우리 엄마의 표정이 떠올랐다. 내가 도움의 손길을 거절할 때마다 "하여간 지만 잘났는 줄 안다."고 날을 세우던 엄마. 그런 엄마 때문에 억울했었다. 내가 뭘 잘못했다고 저렇게 화를 내나 싶었다. 이제는 안다. 엄마는 내가 잘못해서 화가 난

게 아니었다. 답답해서였다. 도움이 될 수 없어서 무력했던 거였다.

도와 달라는 말을 잘 못했을 때, 나만 외로운 줄 알았다. 하지만 부탁하는 사람이 되고 나서야 느낄 수 있었다. 내가 얼마나 주변 사람들을 외롭게 만들었는지.

건강해진 나는 주변에 도움을 청한다. 그리고 반드시 온 마음을 다해 고마움을 표현한다. "엄마 없으면 어쩔 뻔했어!" "어머님 덕분에 푹 쉬었어요." "자기가 있어서 다행이야." 이런 말들은 마음을 더 말랑말랑하게 만든다. "내가 알아서 할게." "걱정하지 마."라는 말을 달고 살았을 때보다 더 사람답게 사는 기분이 든다.

앞으로도 병에 의지하지 않고 도와 달라는 말을 하고 싶다. 그렇게 주저 없이 손을 내밀고, 나 역시 누군가 내민 손을 잡아 주고 싶다. 서로의 곁을 내주는 건강한 거래를 오래도록 계속해 나가고 싶다.

그냥 꼭 안아 주면 어떨까

"아빠가… 우리 아빠가 간암이래. 갑자기 피를 토하셔서 병원에 갔는데, 이미 손쓰기가 힘든가 봐. 내가 정신이 없었어. 미안해."

"야………. 그런 상황이면 말을 해야지. 왜 나한테 전화도 안 했어."

"내가 무슨 염치로 전화를 해. 나 아빠 모시고 병원 다니면서 네 생각 많이 났어. 너 암 걸렸다고, 항암치료 한다고 해서 그런 줄만 알았지. 이렇게 고생하는 줄 생각이나 했겠어? 전화라도 자주 할걸. 진짜 미안하더라. 너 아플 때 그렇게 했는데 어떻게 우리 아빠 아프다고 이것저것 물어보냐? 그렇게는 못 하겠더라.”

25년 지기인 L은 먼저 전화를 잘 안 한다. 무소식이 희소식이다 생각하며 지내다가도 아쉬운 건 언제나 나였다. 그날도 내가 못 참고 전화를 걸었던 참이었다. 아니 아버지께서 그렇게 위독하시면 얘기를 하지. 요즘 왜 이리 통화하기가 어렵냐고, 애는 너만 키우냐고 구박한 게 부끄러웠다. 분명 이것저것 궁금했을 텐데, 자기가 소홀했던 게 미안해서 물어보지도 못했다는 말이 너무 마음 아팠다.

술을 워낙 좋아하신 탓에 몸이 많이 쇠약하신 데다가 이미 간경화도 앓고 계셨던 분이었다. 간암은 어쩌면 예상된 결말이었을지도 모른다. 아버지를 걱정하는 만큼 원망도 컸던 친구라서 암 판정에도 담담할 줄 알았는데, 내 생각은 완전히 틀렸다. 아버지가 1년도 살기 힘드시다는 의사의 말을 듣고 마음이 무너진 듯했다.

“엄마는 아빠가 고통스러워하는 걸 계속 옆에서 보니까, 더 힘들게 하고 싶지 않으신가 봐. 근데 나는 이대로는 포기 못 할 것 같아. 닥치는 대로 뭐든지 다 해 보고 싶어. 항암이든 수술이든 뭐든.”

"엄마는 치료하면서 고통받느니 편안하게 지내다 가시는 게 낫다고 생각하시겠지. 너는 그러면 후회할 것 같아서 그런 거고. 근데 우선 누구의 인생인지부터 생각해 봐. 나는 가족들이 어떤 치료를 할지 결정하기보다, 아빠가 스스로 선택하실 수 있게 했으면 좋겠어. 아빠 인생이잖아. 지금 중요한 건 사실 치료보다 아빠가 좋은 기억을 많이 만드시는 거 아닐까? 옆에서 너랑 엄마랑 싸우지 말고, 행복한 모습 많이 보여 드리는 게 최고야."

친구와 한참 동안 통화를 마치고, 암병원에 누워 있던 그때의 내가 떠올랐다. 2016년 겨울, 항암치료를 받으러 병원에 갔던 날이었다. 내 침대 건너편에 우리 엄마 또래로 보이는 환자가 있었다. 머리에 보라색 두건을 쓴 그녀는 나와 눈이 마주치자 싱긋 웃으며 사과를 건넸다. 사실 항암제 부작용 탓에 속이 안 좋아서 아무것도 먹고 싶지 않았다. 그래도 거절할 수 없었다. 그건 그냥 과일이 아니라 나에 대한 관심이자 연민임을 알고 있기 때문이었다.

"무슨 암이에요? 젊은데 이렇게 병원에 있어서 어째……."

혈액암이라는 나의 대답에 고개를 끄덕이던 그녀는 처음 암에 걸렸던 때를 회상했다.

"벌써 5년 됐나? 그때 가슴에 뭐가 만져져서 병원에 갔지. 유방암이라더라고. 우리 언니도 유방암 수술한 적이 있어서 별로 놀라지도 않았어. 올 게 왔구나 그랬지. 정작 수술하고, 항암을 했는데 말도 못 하게 힘든 거야. 먹지도 못하고, 자지도 못하고. 내가 왜 항암을 한다고 했나 너무 너무 후회가 되더라고."

"많이 괴로우셨나 봐요. 근데 5년 전에 수술하시고 아직도 치료를 받으시는 거예요?"

"아냐, 내가 항암 포기하고 요양원에 갔었어. 자연치료하는 데를 알아봐서. 그러고 항암을 안 했어. 괜찮은 줄 알았는데, 올해 임파선으로 암이 전이됐다고 하네? 병원에서 하라는 대로 항암치료 안 하면 내 꼴 나요. 자연요법이니 대체의학이니 하는 것들 다 사기꾼들이야. 내가 그 자식들 때문에 화병이 났다니까?"

꼭 의사 말을 잘 들으라고 신신당부하는 그녀에게 그러겠노라고 여러 번 다짐했다. 하지만 반대의 경우도 있었다. 방송사에서 건강 관련 프로그램 작가로 일했던 친구는 “병원만 믿으면 안 된다.”면서 눈을 부릅떴다. 대체요법으로 암을 이겨 낸 사람들의 수기를 선물하면서 말이다.

“무조건 의사 말만 믿지 말고 병원 상술에 속으면 안 돼! 병원에서도 포기했는데 몸에 맞는 음식만 잘 챙겨 먹고 나은 사람도 많아.”

친구 말에 고개를 끄덕이며 책장을 넘겼다. 암을 극복한 사람들의 이야기는 거의 ‘간증’에 가까웠다. 암을 치료하려면 의학적으로 설명할 수 없는 신비한 힘과 기운이 필요한 것만 같았다.

“고용량 비타민 C를 먹는 것도 좋다던데, 너 영양제는 먹고 있어? 그냥 그렇게 항암 주사만 맞는다고 다 되는 게 아니야. 너 집에 가서 이 책 꼼꼼히 봐. 알았지?”

남편의 여생을 편안하게 마무리하도록 돕고 싶은 마음, 아버지께 가장 좋은 치료를 해 드리고 싶은 마음, 암을 먼저 겪은 선배로서 충고해 주고 싶은 마음, 친구에게 옳은 정보를 주고 싶은 마음. 모두 다 암환자를 위한 마음이다. 하지만 대체의학, 민간요법, 항암치료, 방사선 치료 그 어떤 게 되더라도 나는 그것 역시 암환자 스스로 결정해야 한다고 생각한다.

다큐멘터리 영화 「엔딩노트」를 본 기억이 난다. 영화감독인 딸이 말기암 판정을 받은 아버지의 모습을 임종까지 카메라에 담은 것이었다. 울 준비를 하고 영화를 보기 시작했는데, 보는 내내 여러 가지 생각을 하느라 별로 울지도 못했다.

영화 속에서 시한부 판정을 받은 아버지는 엔딩노트를 작성한다. 평생 믿지 않았던 신을 믿어 보기, 한 번도 찍어 보지 않았던 야당에 투표하기, 일만 하느라 소홀했던 가족들과 여행가기 등 스스로 작성한 리스트를 하나씩 이룬다. 죽음 앞에 두려워하기보다는 밀도 있게 자신의 삶을 꾸려 가는 것이다.

특히 자신이 장례 치를 곳을 부인과 함께 둘러보는 장면이 인상적이었다. 마치 결혼식을 준비하듯 자신의 마지막 초대를 정성껏 준비할 수 있는 게 암환자의 특권처럼 느껴질 정도였다. '언제 죽을지는 내가 결정할 수 없지만, 사는 동안은 모두 내가 결정할 수 있다. 그게 바로 내가 주인인 삶이다.' 영화가 끝날 때 나는 그런 생각이 들었다.

사랑하는 사람이 암에 걸리면 걱정되고 마음도 아플 것이다. 하지만 그 누구보다 자신의 삶에 진심인 사람은 암환자 본인이다. 그러니 만나서 걱정하고, 충고하고, 눈물짓는 대신 한 번 더 꼭 안아 주면 된다. 어떤 상황에서건 암환자가 스스로 원하는 삶을 꾸려 갈 수 있도록 응원해 주는 걸로 충분하다. 암환자는 죽어 가는 사람이 아니라 당신처럼 살아가는 사람이니까.

안부 대신 점이라도 찍어 주세요

다음 중 암환자에게 가장 힘이 되는 말을 고르시오.

A: "요즘에 암은 병도 아니더라. 금방 괜찮아지던데?"

B: "어머~ 세상에! 나도 요즘 배가 자주 아픈데……. 넌 증상이 어땠어?"

C: "암 이겨 내려면 무조건 잘 먹어야 해. 토하더라도 먹어."

정답부터 말하자면, 보기 중에 힘이 되는 말은 없었다. 위로라고 건넨 말에 오히려 상처를 받을 때도 있었다. 왜 그랬을까?

A부터 살펴보자. "요즘에 암은 병도 아니더라."라는 말은 묘하게 기분이 나빴다. 암환자의 걱정을 덜어 주고 싶어서 한 말이겠지만, 마치 내가 지금 겪는 고통은 별 게 아니라는 듯 무시하는 느낌이었다. 이 말은 "당연히 걱정되겠지. 하지만 내 주변만 봐도 요즘 의학 기술이 발전해서인지 암에 걸렸다가 잘 회복한 경우가 많더라. 난 네가 괜찮아질 거라고 믿어."라고 대신할 수 있을 것이다.

B처럼 암 발병 전에 어떤 증상이 나타났는지 묻는 사람들도 많았다. 자기는 나름대로 관심을 표현하고 공감했다고 생각했을 수 있다. 하지만 진단은 병원에서 받아야지, 암에 걸렸다는 사람한테 물을 일은 아니다. "나도 요즘 자주 배가 아픈데 병원도 안 가고 그러려니 하거든. 너도 그랬겠지. 암이라고 했을 때 많이 놀랐겠다."라고 위로하는 게 먼저다. 그러고 나서 본인이 괜찮은지 궁금하면 직접 병원에 가서 검사해 보면 된다.

C는 가족들이 자주 하던 말이다. 무조건 잘 먹어야 한다는 건 당연한 말이다. 얼핏 들으면 섭섭하게 느낄 포인트가 없다. 하지만 이 말을 하루에 몇 번씩 들으면 얘기가

달라진다. 특히 물만 먹어도 토하고, 심할 땐 물을 안 먹어도 토하는 상황에서 토하더라도 먹으라는 말을 들으면 화가 난다.

물론 안다. 뭐든 잘 먹어야 견딜 수 있다는 걸. 그런데 먹기 싫어서 토하는 게 아니라, 항암제 부작용 때문에 참을 수 없이 구토가 나온다는 걸 안다면 억지로 먹으라는 말은 삼가야 한다. "먹고 싶은데 제대로 먹지도 못하고, 계속 토하니까 옆에서 보는 내 마음도 아프다. 먹고 싶은 게 생각나면 꼭 얘기해 줘."라고 했다면 기분이 나아졌을 것 같다.

사실 내 마음과 같은 사람은 아무도 없었다. 늘 함께 있는 남편도, 친한 친구도, 낳아 준 엄마도 나를 완벽히 이해하진 못했다. 왜 그랬을까? 이유는 간단하다. 그들은 암을 직접 겪어 본 적이 없었기 때문이다.

암투병만 그런 건 아니다. 입시, 군대, 육아, 취업 등 인생의 커다란 산을 넘을 때마다 우리 가슴에는 한 권의 책이 써진다. 아빠는 강원도 최전방 수색대에 배치되어 고된 군생활을 하셨다. 그래서인지 벌써 40년도 훨씬 넘은 그때의 일을 어제처럼 복기하신다. 간첩이 넘어왔을 때의 이야기는 아빠가 한마디를 시작하면 그다음은 내가 이어받을 수 있을 정도로 많이 들었다. 하지만 아무리 현장에 있는 것처럼 실감 나게 묘사해도 나는 아빠의 고생을 100분의 1도 이해할 수 없다. 내가 겪어 보지 않았기 때문이다.

육아도 그랬다. 내가 임신했을 때 친하게 지내던 언니는 애 셋 엄마였다. 언니는 만삭인 나를 보며 육아가 얼마나 힘든 건지, 엄마로서 자존감이 무너지는 순간들을 미리 알려 주고 대비시켰다. 나름 철저히 육아에 대해 예습을 했다고 생각했지만 실전은 전혀 달랐다. 임신했을 때 둥둥 떠다니던 충고들이 애를 낳고서야 가슴에 콱콱 박혔다. 엄마가 되자 비로소 애 키우는 게 대수라는 걸 알게 된 셈이다.

결국 모든 건 겪어 봐야 안다. 경험하지 않으면 알 수 없다. 나를 사랑하지 않아서 배려하지 않는 게 아니라, 겪어 본 적이 없어서 모르는 거다. 나도 암에 걸리기 전까지는 위로하는 방법을 잘 몰랐던 것 같다. 힘들어하는 친구들에게 "힘내."라는 말을 기계적으로 했다. 속으로는 내 일이 아니라서 다행이라고 안도한 적도 있고, 도대체 언제까지 그럴 거냐고 답답해한 적도 있었다.

위로가 많이 필요한 사람이 되고 나니 그동안 내가 했던 말과 행동이 얼마나 가벼웠는지 새삼 깨닫게 됐다.

'진심을 담은 위로란 뭘까?'

상대방에게 상처 주지 않고, 잘 위로하고 싶어서 고민하던 차에 내 블로그에 달린 댓글에서 해답을 발견했다.

나는 병원에 다니면서 마음이 힘들 때마다 블로그에 글을 썼다. 이웃도 몇 명 되지 않는 일기장 같은 공간이었다. '복사꽃' 님은 일주일에 두세 번씩 글을 올릴 때마다 댓글을 달아 주는 자궁내막암 환우였다. 나 역시 그녀의 블로그에서 글을 읽고 댓글을 적곤 했다.

블로그는 나를 위로해 주는 공간이었다. 하지만 내가 암 진단을 받았을 때 네 살이던 딸이 어느덧 초등학교에 갈 정도로 시간이 흐르면서 글 쓰는 일도 소홀해졌다. 몸도 많이 나아졌고, 아이 뒤치다꺼리에 바빴던 것이다.

서너 달 동안 블로그에 접속조차 안 하고 지내다가 문득 생각이 나서 로그인을 했다. 안부 게시판에 복사꽃 님의 글이 있었다.

[별일 없으신가요? 글도 올라오지 않고 혹시 많이 아프신가 해서 걱정이 됩니다. 안부 남기기 힘드시면 언제가 됐든, 댓글로 점이라도 찍어 주세요.]

그녀의 부탁에 가슴이 먹먹해졌다. 점이라도 찍어 달라는 말은 상대방을 걱정하는 마음을 표현하면서도 어떤 노력을 요구하지도 않는 진짜 위로였기 때문이다.

우는 아이를 달랠 때 "뚝 그쳐." "왜 울어?"라는 말은 별로 도움이 안 된다. 그렇다고 "네 마음대로 해."라고 하면 더 크게 운다. 그럴 땐 "엄마가 다 울 때까지 기다릴게. 진정되면 엄마한테 말해 줘." 이 말이 가장 효과적이었다. 내가 가장 듣고 싶었던 말도 마찬가지였다. 충고나 조언은 필요 없었다. 눈치 없이 질문하는 것도 싫었다. 가장 좋은 건 기분이 나아질 때까지 곁에서 기다려 주는 것이었다.

"힘내." "아프지 마." "건강하세요." 라는 말이 응원이 아닌 부담으로 느껴지는 순간이 있다. "우울해도 끼니를 거르지 마라.” “해를 쬐면서 산책을 해라.” “땀이 나도록 운동해라.” 다 알지만 실천할 수 없었던 시기가 있다. 몰라서 안 하는 게 아니었다. 그저 내 마음이 회복하는 동안 시간이 필요해서 웅크리고 있었을 뿐이다.

몸이 아프고 마음이 힘들면 좋은 말도 곱게 듣지 못하게 된다. 장미꽃을 받아도 향기를 맡지 못하는 것과 같다. 꽃을 보는 대신 가시를 움켜쥐고 괴로워하기 때문이다. 그러니 위로를 하고 싶을 땐 차라리 ‘점이라도 찍을 힘’이 생길 때까지 기다려 주면 어떨까? 당신이 건넨 장미 향기를 맡으며 감사를 표현할 수 있을 때까지만.

내 걱정은 하지 말아요

아이가 다니는 초등학교 앞에는 '할아버지 문방구'가 있다. 30년 전 이 동네에 처음 아파트를 올렸을 때 함께 생겨난 곳이라고 한다.

문방구는 아이 세 명이 들어가면 꽉 찬다. 할아버지는 손님이 오면 자연스레 계산대 뒤로 들어가신다. 버스 정류장 근처에 있는 또 다른 문구점은 크기도 크고, 물건이 코너별로 나뉘어서 깔끔하게 진열되어 있다. 할아버지 문방구에 비하면 백화점이나 다름없다. 아이와 나는 그곳에서 한참 구경을 하다가도 정작 물건을 살 땐 할아버지 문방구에 갔다.

아이가 친구 생일 선물을 고른다고 하면 할아버지는 “요즘에는 이게 인기”라며 삼천 원 정도 선에서 추천을 해 주셨다. 반짝이는 포장지를 꺼내 정성껏 포장까지 해 주시니 어릴 때 다니던 동네 문방구에 온 것처럼 정이 갔다. 할아버지는 우리가 단골이라고 몇백 원 깎아 주시기도 하고, 아이 먹으라고 초콜릿도 내어 주셨다. 할아버지 문방구만의 푸근함이 좋았다.

일교차가 심해지던 어느 가을, 수업을 마친 아이와 함께 할아버지 문방구를 지나는 길이었다. 그날따라 웬일인지 문방구 문이 굳게 닫혀 있었다. 주말이 아니면 한 번도 쉬신 적이 없었는데 이상했다. 다음 날도, 그다음 날도 마찬가지였다. 안내문 한 장 없이 문은 계속 닫혀 있었다.

원인 모를 휴업 상태가 4일째 이어지던 날, 문득 불길한 생각이 들었다.

‘할아버지가 돌아가신 건 아닐까?’

항상 웃으며 인사해 주시던 할아버지의 모습이 떠올랐다. 자전거를 타고 다닐 정도로 정정한 분이셨는데, 인사도 못 나누고 이렇게 돌아가시다니. 눈물이 날 것 같았다.

그 후로 3일쯤 더 지났을까, 혹시나 하는 마음에 문방구 쪽을 쳐다보니 문이 활짝 열려 있었다. 주인이 바뀐 건 아닐까, 조마조마한 마음으로 고개를 내밀자 평소처럼 물건을 정리하고 계신 할아버지가 보였다. 할아버지가 살아 계셨다는 안도감에 인사 대신 푸념을 했다.

"문이 계속 닫혀 있어서 걱정했어요."

할아버지는 한숨을 쉬셨다.

"아니, 내가 이래서 쉬지를 못 해요. 며칠 문만 닫으면 사람들이 나 죽었나 싶어서 어찌나 걱정하는지. 내가 잠깐 놀러도 못 간다니까."

나는 내려왔던 입꼬리를 얼른 제자리로 돌렸다. 그날 하루만 해도 얼마나 많은 사람이 할아버지에게 걱정했다고 했을지 짐작이 갔다.

"내가 언제 죽어도 이상할 나이가 아니잖아."

할아버지는 다 이해한다는 듯 말씀하시면서도 이내 못마땅한 표정을 지으셨다. 할아버지가 무심히 휘두르던 먼지털이에서 뽀얀 먼지가 일었다.

만약 내가 어두운 표정으로 걱정했다고 말하지 않았으

면 어땠을까? 멀쩡히 계신 걸 확인했으니 그저 "이번 주에 오래 쉬시던데 어디 다녀오셨어요?" 하며 인사를 건넸다면 할아버지는 더 기쁘게 반기지 않으셨을까.

할아버지의 하소연을 듣다가 엄마 생각이 났다. 아픈 나를 걱정해서 늘 촉각을 곤두세우고 있는 친정엄마 말이다.

나는 암에 걸린 이후로 엄마한테 전화할 때면 항상 목을 몇 번씩이나 가다듬었다. 조금만 목소리가 가라앉아도 엄마는 다그쳤다. "목소리가 왜 그래? 무슨 일 있어? 어디 아파?" 아니라고 해도 의심을 거두지 않으셨다.

자기 전에 갑자기 할 말이 떠올라서 전화라도 하면 한 문장에 물음표가 네댓 개씩 찍혔다. "왜? 왜? 왜? 무슨 일이야?" 전화만 하면 깜짝 놀라는 엄마 때문에 웬만하면 밤에는 전화를 안 하게 됐다.

나를 아끼는 마음에 그런다는 걸 안다. 하지만 상대가 너무 걱정하면 주객이 바뀐다. 내가 위로받고 싶은 상황인데 상대방을 공들여서 안심시키게 된다. 그래서일까. 엄마한테 속내를 털어놓으면 편하면서도 불편했다. 엄마 눈이 벌게지기 시작하면 딴청을 피웠다. 태연한 척 하면서 말을 돌렸다. 대화는 "엄마, 걱정 마. 나 아무렇지도 않아."로 끝났다. 아픈 동안 "괜찮다."는 말을 입에 달고 살았다. 나 때문에 우는 사람 앞에서 정작 나는 맘 놓고 울 수 없었다.

어떨 땐 걱정했다는 말이 질책 같이 느껴질 때도 있었다. 너 때문에 마음이 불편했다고 혼내는 것 같아서. 그래서인지 누군가 나를 걱정했다고 말하면 고맙다는 말 대신 항상 사과를 했다. 상대방이 나 때문에 마음을 썼다는 게 미안했다.

누군가 정말 걱정스러울 땐 어떻게 해야 할까? 황정은의 소설 『계속해보겠습니다』에 등장하는 순자 씨는 그 답을 알고 있었다. 순자 씨의 옆 방에 사는 어린 자매는 먹을 게 없어 쉰 떡을 쪄 먹는다. 이상한 냄새를 맡고 건너온 순자 씨는 뻔히 쉬었다는 걸 알면서도 그 떡을 집어 먹는다. 쉰 떡을 꼭꼭 씹어서 다 먹고 아이들에게 말한다. 떡이 맛있으니 자기네 밥이랑 바꿔 먹자고.

동생에게 떡을 내준 언니는 그 떡이 쉬었다는 걸 알고 있었다. 하지만 배가 고프니 어쩔 도리가 없었다. 어째서 동생한테 이런 걸 먹이느냐고 혼날까 봐 조마조마했던 언니는 옆집 아줌마가 다 알면서도 배려했다는 걸 모르지 않았다.

나라면 어땠을까? “상한 떡을 왜 먹고 있느냐. 배 아프면 어쩌려고. 밥이 없으면 우리집에 가자.”고 했을 게 뻔하다. 순자 씨처럼 상대가 마음을 다치지 않게, 미안해하지 않게 하면서 도움을 주는 것. 그게 배려 아닐까?

나 역시 오해했었다. 남을 배려하기 위해서는 눈에 보이는 것의 이면을 들여다봐 줘야 한다고 믿었다. 괜찮다고 말해도 속은 아닐 거라고, 웃고 있어도 마음은 무너질 거라고 짐작해 주는 게 배려인 줄 알았다. 늘 행동보다 걱정했다는 말이 앞섰다.

하지만 나를 대하는 근심 어린 얼굴들을 보고 깨달았다. 상대방이 걱정될수록 마음을 편하게 해 주는 게 먼저라는 걸. 갯벌에 숨은 조개를 찾듯 마음속에서 진심을 캐낼 필요는 없다. 숨기고 싶어 하는 마음은 그대로 둔다. 우선은 그 사람이 보여 주고 싶은 만큼만 믿어 주고, 들려주고 싶은 이야기만큼만 들어 주면 된다.

이제는 걱정된다는 이유로 내 멋대로 상대의 마음을 가로지르지 않으려 한다. 머리로 하는 걱정보다 행동하는 배려가 중요하다는 걸 기억하면서.

3부

달래 주기

한 번 더 나를 따뜻하게

이름 모르는 누군가들의 마음과 내 마음이
이어져 닿을 때마다, 나는 꽤 많이 울었다.
울고 나면 기운이 났다.
혼자가 아니라고, 얼굴도 이름도 모르는
누군가가 나를 토닥여 줘서 위로받을 수 있었다.
이제는 슬프고 힘들면 글을 쓴다.
하소연할 누군가를 찾는 대신 마음을 담아 쓴다.

내가 진짜로 원하는 건

'당장 입원해서 검사도 하고, 항암치료도 시작해야 돼. 그동안 아이는 어떻게 하지? 친정이랑 시댁에 번갈아 맡기면 되려나? 내가 아프다는 걸 애한테도 얘기해야 할까? 암이 뭔지도 모를 텐데, 그냥 감기 걸렸다고 말하는 게 좋을까?'

병원에서 암이라는 진단을 받고 머릿속이 복잡했다. 아이 때문이었다. 태어나서 세 번째 가을을 맞은 아이는 '엄마 껌딱지'였다. 하도 울어서 어린이집에서 낮잠도 못 자고 왔다. 당연히 할머니 댁에 가서 혼자 자고 오는 건 상상할 수도 없는 일이었다.

아이는 양가에서 처음 태어난 손주였다. 오십 대 중후반, 꽤 이른 나이에 조부모가 된 양가 어른들은 도움을 주시기에 아주 적합한 분들이었다. 체력과 시간이 동시에 있는 조부모님은 많지 않으니까. 문제는 아이가 할머니, 할아버지에게 곁을 주지 않는다는 것이었다.

졸려서 잠투정하는 아이를 업어서 내가 재우겠다던 친정엄마가 집 앞마당으로 나가 보지도 못하고 돌아온 게 부지기수였다. 시댁에서 온 가족이 함께 자려고 했을 때도 아이는 바뀐 잠자리가 낯설어서 숨이 넘어가도록 울었다.

그런 아이랑 4주에 한 번씩 항암치료를 할 때마다 생이별을 해야 했다. 눈 뜨고 감을 때까지 온종일 엄마만 찾는 '엄마 껌딱지'에게 시련이 시작된 것이다. 아이는 난생처음 엄마 없이 잠을 자야 했다. 처음엔 쉽지 않았다. 사실 아이보다 내가 더 문제였다. 아이를 떼어 놓는 게 주삿바늘에 찔리는 것보다 괴로웠다. 울면서 잠들었다고 하는 날엔 나도 따라 울었다.

'포스트잇처럼 가볍게 떨어지면 얼마나 좋을까.'

아이와의 헤어짐이 조금 편안해지길 바랐다. 세상에 엄

마 필요 없는 아이가 어디 있겠냐마는 그런 아이로 만들어야 했다. 그래야 조금 더 수월하게 아이를 맡길 수 있었고, 치료받을 수 있었다. 아이가 자기 의사를 분명하게 표현할 줄 알면 양가에 가서도 좀 편하지 않을까? 막연히 그렇게 생각했던 것 같다. 다른 식구들이 엄마처럼 아이 마음을 알아주면 괜찮겠지 싶었다.

그러려면 훈련이 필요했다. 아이가 울거나 짜증 내지 않고 속마음을 표현하도록 연습시켰다.

"짜증만 내지 말고, 네가 원하는 걸 말해 봐. 이럴 땐 '단추가 안 끼워져요.'라고 하면 돼."

"엄마가 보고 싶으면 울지만 말고 '엄마한테 영상 통화 걸어 주세요.'라고 말씀드려. 엄마가 병원에 있는 거 보여 줄게."

훈련을 위해 아이가 뭘 원하는지 뻔히 알면서도 직접 말할 때까지 모르는 척하기도 했다. 울거나 떼를 쓰면 무시했다. 짜증 섞인 목소리로 말하면 단호하게 다시 말하라고 했다. 그렇게 엄한 엄마가 됐다.

항암치료를 모두 마칠 때쯤 아이는 '엄마 껌딱지'였던

게 믿어지지 않을 정도로 변했다. 지금은 주말에 할머니 댁에 가서 혼자 자고 오기도 하고, 우리 부부가 데이트할 동안 사촌 동생들과 시간 가는 줄 모르고 논다.

말하는 방법도 많이 바뀌었다. 울지 않고 자기 마음을 이야기하고, 짜증 내는 대신 불편한 점을 알려 준다. 아이가 여섯 살 때쯤인가, 잘못한 걸 혼내는데 "엄마가 그렇게 말하면 세상에 나를 사랑하는 사람이 아무도 없는 것 같아서 슬퍼."라고 해서 머쓱해진 적도 있었다.

사실 아이와 함께 말하기 연습을 하면서 속으로 뜨끔할 때가 많았다. 나야말로 속마음을 제대로 표현하지 못하고 짜증부터 내거나 울기만 하는 사람 아닌가. 괜한 자존심에 됐다고, 상관없다고 해 놓고선 싫은 티를 팍팍 내는 사람이 바로 나였다.

항암치료를 하는 동안 마음은 자주 널뛰기를 했다. 내 비위를 맞추는 게 너무 힘들었다. 암에 걸리기 전에 나는 꽤 이성적인 사람이었다. 매사에 논리적으로 사고하고, 인과관계가 분명한 것을 선호했다. 하지만 암에 걸리고 나서 성격이 완전히 변했다. 갑자기 눈물이 삐질삐질 나고,

사소한 일에 욱하고, 병원 가기 전에는 무서워서 벌벌 떠느라 잠을 못 잤다. 이성은 모조리 휘발되고 감성만 남은 느낌이었다.

분명히 내 인생인데, 암은 건방지게도 나에게서 주도권을 빼앗아 갔다. 내 몸도, 마음도 자기 멋대로 컨트롤했다. 그렇게 나를 어쩌지 못할 때마다 짜증이 났다. 아이가 단추가 안 끼워진다고 짜증 내고, 엄마를 볼 수 없어서 우는 것처럼 나도 그랬다.

아이가 변하는 모습을 보면서 나도 훈련이 필요하다는 걸 깨달았다. 마음이 한껏 비뚤어지면 아이를 가르칠 때처럼 나에게 말했다.

"네가 원하는 게 뭐야? 짜증만 내면 네 마음을 아무도 알 수 없어."

육아 프로그램 속에서 오은영 선생님이 아이들을 대하듯 나를 대했다. 짜증 나고 분노하는 내 마음을 살피려 애썼다. '나는 이런 말을 들으면 기분이 나쁘구나.' '아직 일어나지도 않은 일로 걱정하고 있구나.' 이렇게 나를 알아차려 주기만 했는데도 펄펄 끓던 마음이 한 김 식었다.

심리학자인 루이스 코졸리노는 말했다. 우리는 적자생존한 존재가 아니라 보살핌으로 생존한 존재라고. 누구에게나 보살핌은 필요하다. 특히 몸과 마음이 약해졌을 때 보살핌은 더욱 간절해진다. 이때 중요한 건 내가 나를 보살피는 주체가 되어야 한다는 점이다. 내 마음이 뭘 원하는지, 어떤 기분인지 그걸 먼저 알아줘야 한다. 그래야만 남들에게 짜증을 걷어내고 제대로 원하는 걸 말할 수 있다.

마음이 한껏 비뚤어질 때, 나에게 물어 본다.

"네가 진짜로 원하는 게 뭐야?"

슬픔을 담아낼 그릇이 필요할 때

암에 걸리고 나서 제일 힘든 게 뭐였냐고 물어본다면, 나는 눈물을 참는 거라고 답할 거다. 치료를 받는 동안 주변 사람들을 걱정시키고 싶지 않아서 슬프지 않은 척했다. 앞에서 꾹 참았다가 뒤에서 울었다. 마음이 툭 치면 쏟아질 것 같은 날에는 일부러 주인공이 죽는 영화만 골라서 보기도 했다. 그렇게 해서라도 울 핑계를 찾았다.

방문을 닫고 실컷 우는 것만으로는 부족했다. 속이 뻥 뚫리게 내 마음을 얘기하고 싶었다. 나 너무 힘들다고, 걱정되고 불안하다고, 어쩌다 내 신세가 이렇게 됐냐고 누구든 붙잡고 엉엉 울고 싶었다. 확실한 대나무 숲이 필요했다. “임금님 귀는 당나귀 귀!”라고 고래고래 소리칠 수 있는 대나무 숲.

남편한테 우는소리를 하긴 싫었다. 매일 병원에서 아픈 사람들을 보는데, 집에서까지 스트레스를 주고 싶진 않았다. 엄마도 탈락이었다. 내가 낯빛만 조금 어두워져도 몸이 안 좋아진 것 같다며 “이거 먹어라, 저거 먹어라.” 잔소리를 하니까. 친구들은 각자의 인생에 너무 바빴다. 괜히 힘 빠지는 얘기를 꺼내서 분위기를 다운시키고 싶지 않았다. 그렇다고 매일 붙어 있는 유치원생 딸내미한테 하소연할 수도 없었다.

내 마음을 이해해 줄 수 있으면서도 남편처럼 너무 걱정하지 않는 사람, 맞장구는 쳐 주지만 엄마처럼 충고하지 않는 사람. 그런 사람이 필요했다. 누가 있을까? 휴대전화 주소록을 뒤져 봐도 죄책감 없이 내 우울을 전염시킬 수 있는 사람은 떠오르지 않았다. 그때 전 남자친구 얼굴이 떠올랐다.

‘그래, 그 사람이 좋겠다!’

이미 10년도 훨씬 지난 옛 남자친구의 전화번호가 내

핸드폰에 있을 리 없었다. 구글 검색창에 그의 이름 석 자와 함께 직장 이름을 쳤다. 특이한 이름이라서 그런지 금방 찾을 수 있었다. 아직도 처음 입사했던 그 회사에 다니고 있는 듯했다.

그는 영화를 좋아했다. 인상 깊은 영화 속 대사를 줄줄 읊을 정도로 감수성이 풍부하고, 별로 안 친한 후배들의 고민 상담도 기꺼이 해 줄 만큼 오지랖이 넓었다. 내 속마음을 털어놓을 대나무 숲으로 이보다 적합할 수는 없다고 판단했다.

전화번호를 누르려는 검지손가락 끝에 힘이 바짝 들어갔다. 번호를 눌렀다가 지웠다가 하면서 한참 생각했다.

'내가 갑자기 전화하면 뭐라고 생각할까? 괜히 오해하는 거 아니야? 뜬금없이 내 말 좀 들어 보라고 엉엉 울기라도 하면 어이 없어 하지 않을까?'

온갖 생각이 굴비처럼 엮어져서 끝내 통화버튼을 누르지 못했다.

'내가 진짜 원하는 게 뭘까?'

전화를 걸까 말까 망설이는 동안 깨달았다. 누가 내 마음의 짐을 대신 짊어지고 가 주길 바라는 게 아니었다. 물귀신처럼 내 우울의 늪으로 아무나 끌어들이고 싶은 건 더더욱 아니었다. 그저 마음을 털어놓고 싶었다. 누가 어떤 말을 해 주길 바라는 게 아니라, 넘치는 슬픔을 담아낼 그릇이 필요했던 것이다. 그러니 대상이 꼭 '누군가'일 필요는 없었다.

그때 생각해 낸 게 글쓰기였다. 혼자 울고 불고 아무 말이나 쏟아낼 수 있는 곳. '대나무 숲'으로 블로그가 딱이었다.

내 글을 누가 보긴 할까? 아니 보든 말든 상관없다는 마음으로 써내려 갔다. 그런데 어느 날부턴가 하나 둘 댓글이 달리기 시작했다.

[유방암 수술을 받은 환우예요. 구구절절 공감되네요. 좋은 글 감사해요.]

[저도 림프종 3기입니다. 리툭시맙 맞았는데도 머리가 안 빠지셨나요? 부럽네요. 저는 탈모가 심해요.]

[글 잘 읽고 갑니다. 엄마가 생각나는 글이네요. 행복한

하루 보내세요^^]

간간히 올라오는 환우들의 댓글을 읽다가 엄마 생각이 난다는 글을 보고 고개를 갸웃했다. 엄마가 암에 걸리셨나? 궁금한 마음에 그 사람의 블로그를 클릭했다.

[나는 죽음에 대한 생각을 많이 한다.
일찍 병으로 돌아가신 엄마 때문인지는 몰라도, 병이라는 것은 누구에게나 올 수 있는 것이라고 생각하기 때문인 것 같다.
가끔 인스타나 블로그에서 아픈 환우들을 살펴보곤 한다. 엄마가 돌아가시기 전에 느꼈을 감정을 곰곰이 생각해 보기도 한다.
하루하루 행복하게 사랑하는 사람과 지내는 것이 얼마나 소중한 것인지. 시간을 함께한다는 것 자체가 큰 선물이라는 것을 깨닫게 된다.]

같은 환우들만 내 마음을 공감해 줄 거라고 생각했는

데, 돌아가신 엄마를 그리워하는 딸이 내 글을 읽고 있을 줄은 상상하지 못했다. 이미 결혼하고 엄마가 된 그녀는 나를 통해 자기 엄마의 마음을 헤아리고 있었다. 그땐 너무 어려서 엄마가 얼마나 힘든지도 몰랐다고 했다. 내가 쓴 글을 읽으면 그때의 엄마랑 대화하는 기분이 든다고 했을 때 나는 눈물이 터졌다.

[저 역시 미래에서 온 딸을 만나는 기분이에요. 마음은 가라앉고 몸은 따라 주지 않아 괴로웠는데, 시간을 함께하는 것 자체가 선물이라는 말에 기운이 납니다. 선물 같은 시간을 감사히 보내야겠어요.]

나는 댓글을 쓰다 말고 숨죽여 울었다. 처음 암 판정을 받고 집에 돌아왔을 때보다 더 많이 울었던 것 같다. 그렇게 한참을 울다 보니 마음이 솜이불을 덮은 듯 포근해졌다.

누군가는 내가 쓴 글을 보고 자기의 아픔을 어루만지고, 또 다른 누군가는 돌아가신 엄마를 떠올리며 그 마음을 짐작했다. 누군가는 앞으로 겪게 될 암환자의 일상을 엿보면서 두려움을 떨치고, 누군가는 사랑하는 가족의 아픔을 이해하려 애쓰고 있었다. 이름 모르는 누군가들의 마음과 내 마음이 이어져 닿을 때마다, 나는 꽤 많이 울었다.

그때 흘린 눈물은 과거의 것과는 달랐다. 글을 쓰고, 마음을 나누면서부터 울고 나면 기운이 났다. 혼자가 아니라고, 얼굴도 이름도 모르는 누군가가 나를 토닥여 줘서 위로받을 수 있었다. 이제는 억지로 눈물을 참지 않는다. 슬프고 힘들면 글을 쓴다. 하소연할 누군가를 찾는 대신 마음을 담아 쓴다.

말하지 않으면 알 수가 없어서

부부 싸움, 아니 내 쪽에서 일방적으로 화를 내고 나면 꼭 스쿼시를 한 기분이다. 어떤 부부는 탁구처럼 가볍게 핑퐁거리며 다툰다면, 테니스처럼 서로 과격하게 말싸움을 하는 부부도 있다. 나는 벽을 보고 공을 친다. 아무리 세게 내리꽂아도 받아 주는 사람이 없다. 맞은편에는 그저 벽이다.

올해로 결혼 11년 차, 남편은 나한테 단 한 번도 화를 낸 적이 없다. 불평불만도 하지 않는다. 언제나 잔잔한 호수 같은 그의 마음에 여간해서는 파도가 치지 않는다.

내 친구 P는 부럽다고 했다. 부부 싸움을 하다가 남편이 너무 소리를 지르는 바람에 옆집에서 경찰을 불렀던 적이 있는 P네 부부였다. 친구는 "남편이 그렇게 져 주면 얼마나 좋으냐."면서 "싸울 일이 없겠다."고 했다. 그런데 이게 그렇게 좋기만 한 건 아니다. 남편은 화만 안 내는 게 아니라 희로애락이 없다.

시어머니는 남편이 어렸을 땐 개구쟁이였는데, 의대에 가면서 로봇 같아졌다고 하셨다. 그 말을 들으니 이해가 됐다. 하루에도 몇 번씩 생사의 고비를 넘는 환자들을 보며 늘 마음 아파하고 눈물 흘렸다가는 제대로 일을 할 수 없었을 테니까. 감정이 퇴화된 남편이 안쓰럽기도 했다.

그렇게 이해심 많던 아내가 암에 걸리고 나니 변했다. "당신은 공감 능력 제로야." "어떻게 그렇게 쉽게 말해?" 남편이 의학적 지식을 바탕으로 객관적으로 말하면 세모눈을 떴다.

암 정기검진을 하러 병원에 갔을 때 일이다. 남편이 점심시간을 이용해 보호자 역할을 맡았다. 담당 교수님과 인사를 나누고 함께 검진 결과를 듣는데, 다행히 별 이상은 없었다. 이번엔 그만 오라고 하시겠지. 기대가 무색하게 교수님은 다음 검진 날짜를 잡으셨다.

"선생님, 언제까지 병원에 와야 하나요?"

"음, 사실 암이라는 게 평생 관리하는 병이라서요."

진료실 문을 닫고 뒤돌아서는데 눈물이 났다.

"그럼 난 죽을 때까지 병원에 계속 와야 하는 거야?"

진료실에서는 한마디도 안 하고 있던 남편이 그제야 입을 열었다.

"원래 혈액암은 재발률이 높아. 그래서 계속 관찰해야 한다고 말씀하신 거야."

어쩜 이리 로봇 같을 수가! "그래, 속상했구나. 빨리 다 끝났으면 좋겠는데 계속 병원에 오라니까 맥 빠지지?"라고 해 줬다면 기분이 한결 나아졌을 텐데. 그런 의학지식보다 따뜻한 말 한마디가 필요하다는 걸 남편은 전혀 모르는 눈치였다.

눈처럼 켜켜이 쌓인 남편에 대한 불만이 녹기 시작한 건 '그 남자'의 말을 듣고 나서였다. 대학원 심리 상담 수업 날, 교수님은 수강생들에게 서로 상담자와 내담자가 되어 고민을 나눠 보라고 하셨다. 한 남자가 고민이 있다며 손을 들었다. 무뚝뚝하고 단조로운 말투에 웃는 얼굴을 한 번도 본 적 없는 남자. 평소 말 걸기조차 어려웠던 사람이었다.

"저는 공감을 잘 못 한다는 얘길 많이 듣습니다. 그럴 때마다 마음이 참 답답합니다. 누가 슬픈 얘기를 하면 저도 슬퍼요. 그런데 눈물이 나지 않는 것뿐이에요. 덤덤해 보여도 속으로는 걱정하고 있어요. 물론 제가 그 사람 마음이랑 같을 수는 없죠. 사실 상대방을 완전히 이해할 수는 없잖아요. 그건 제가 겪은 일이 아니니까요. 제가 무덤덤해 보인다고 해서 꼭 그렇게 비난받아야 하나요?"

내 얼굴이 벌겋게 달아올랐다. 꼭 남편이 나 들으라고 하는 말 같아서 뜨끔했다. 내가 암에 걸리고 나서 남편에게 제일 많이 했던 말이 '자기는 내 마음 몰라.'와 '왜 이렇게 공감을 못 해?' 아닌가.

'그 남자'의 말을 듣고, 남편이 느꼈을 피로감을 상상해 봤다. 내가 암환자가 처음이듯, 남편도 보호자는 처음이었을 텐데. 나처럼 낯설고 받아들이기 힘들었을 거라는 걸, 티는 안 내지만 이러지도 저러지도 못해서 답답했을 거라는 걸 왜 몰랐을까?

그날 저녁 퇴근하고 돌아온 남편에게 '그 남자' 얘기를 꺼냈다. 그리고 사과했다. 지금까지 나만 힘든 줄 알았다고. 당신 마음도 편치 않았겠다고. 가만히 듣고 있던 남편이 대답했다.

"사실 자기가 암에 걸리고 너무 죄책감이 들었어. 바쁘다고 아픈 것도 빨리 발견해 주지 못하고. 내 책임인 것만 같아서 괴롭더라고. 내가 의산데, 의사라는 사람이 자기 부인이 아픈 것도 모르고……."

그날 밤늦도록 이야기는 계속됐다. 누군가 울게 될까 봐 서로 숨겨 왔던 말들을 하나하나 조심스레 꺼냈다. 그리고 이해할 수 있었다. 우리는 각자의 방식으로 힘든 시간을 버텨 냈고, 그 와중에 서로를 배려하느라 애쓰고 있었다는 걸. 그러느라 더 뾰족해질 수밖에 없었던 아내와 더 무뎌질 수밖에 없었던 남편의 속사정을.

그 일을 계기로 '스퀴시'를 그만뒀다. 이제 남편은 적당한 온도로 위로를 건넬 수 있게 됐다. 의대에 가면서 로봇 같아졌던 남편이지만, 아내가 아픈 걸 계기로 더 사람에 가까운 로봇으로 진화했다고 할 수 있겠다.

헤르만 헤세는 자신의 책 『어쩌면 괜찮은 나이』에서 이렇게 말했다. "아이들은 어려운 일이 있을 때 울거나 약한 면을 내보임으로써 삶의 균형을 가장 잘 찾을 수 있다."

아직 결혼한 지 10년밖에 안 된 우리도 아내와 남편으로서는 어린이나 다름없다. 그러니 우리가 어려운 일을 겪을 때마다 함께 더 크게 울고, 서로 깊숙이 숨겨 놓은 약한 면을 내보이면 좋겠다. 그렇게 마음껏 휘청거리다 보면 둘 사이의 균형을 찾아갈 수 있지 않을까?

나를 사랑하는 생활

"친구들 좀 만나. 집에만 있지 말고."

낮에 혼자 있다가 전화를 받으면 엄마는 내가 무인도에 고립된 것처럼 걱정했다. 왜 혼자 있냐고, 밖에 나가라고, 누구라도 만나서 수다를 떨라고 재촉했다. 그래야 기분 전환이 된다면서.

친구라고 부를 수 있을 만한 사람을 떠올려 봤다. 다섯 손가락 안에 겨우 꼽았다.

"그냥 혼자 집에 있는 게 편해. 그리고 나 만날 친구도 별로 없어."

무심하게 던진 말에 엄마는 월급날 텅 빈 통장을 들여

다본 듯 어이없어했다.

엄마 심정을 이해 못 하는 건 아니다. 나는 날 때부터 혼자 있어 본 적이 별로 없으니까. 사 남매 중에 둘째인 덕분에 위아래로 언제나 놀 사람이 있었다.

"옛날에 어른들이 말 많은 사람한테 물에 빠지면 주둥이만 둥둥 뜬다고 했는데 너는 물에 빠지면 발만 동동 뜰 것 같다. 물고기랑 이야기하느라고."

오죽하면 아빠가 온종일 재잘거리는 어린 딸에게 이런 말씀을 하셨다. 다 커서도 마찬가지였다. 심심할 때는 친구들을 만나서 수다를 떨었다. 아이를 낳고 얼마 안 됐을 때는 어딜 갈 수가 없으니 누가 와서 말을 섞어 주면 그저 좋았다. 두 달에 한 번 정수기 점검을 하러 집에 오시는 아주머니조차도 반가웠다.

그렇게 아무하고 떠들기 좋아했던 내가 혼자 있는 게 편하다고, 친구가 별로 없다고 말하게 될 줄은 나조차 예상치 못했다. 항암제가 관계를 소화하는 능력까지 없애 버린 건 아닐까 싶을 정도로 암에 걸린 후 나는 완전히 달라졌다. 새로 누굴 사귀기는커녕 잘 만나던 친구들조차 멀리했다.

내 마음도 복잡한데 남의 고민을 들어 주려니 괴로워서 숨어 지냈다. 전화가 오면 받지 않고, 카톡은 읽고도 대답하지 않았다. 그렇게 무턱대고 도망쳤다. 친구들은 갑자기 냉랭해진 내게 왜 그러느냐고 따져 묻기도 했다. 그런데 내 기분이 어떤지 구구절절 설명할 힘조차 없었다. 나를 오해하건 말건 그저 혼자 있고만 싶었다.

남의 비위를 맞추고 웃어 줄 시간에 내 비위를 맞췄다. 누구에게도 의존하지 않고 나의 감정들, 나밖에 모르는 나의 마음들을 받아들였다. 소홀했던 나를 돌보기 위해 내가 진짜 좋아하는 일을 했다. 책을 읽고 마음에 닿는 구절을 필사했다. 혼자 영화를 보다가 마음이 먹먹해지면 일시 정지를 누르고 펑펑 울었다. 누군가와 함께일 때 불가능했던 이런 사소한 일들이 나를 충만하게 했다. 관계를 덜어낸 만큼 나와는 더 친해질 수 있었다.

암에 걸리기 전에 나는 친구들과 '밀착된 관계'를 맺었다. 자주 연락하고, 수시로 만나서 웃고 떠들었다. 그런 관계는 너무 가까워서 이인삼각 달리기를 하는 것과 같았다. 서로 한 쪽씩 발을 묶고 달리는 건 양쪽 모두의 희생이 필요했다. 불편해서 빨리 달리 수도 없을 뿐더러 멀리 가거나 오래 갈 수도 없었다. 옆 사람에게 맞추느라 내 페이스를 잃을 때도 많았다.

정반대로 완전히 관계를 끊어 버리는 것도 좋지만은 않았다. 그건 극단적으로 굶어서 빼는 다이어트와 다름없었다. 즉각적인 효과는 있을지 모르지만 결국에는 후유증을 남겼다. 그저 도망치는 방식으로 관계를 정리한 게 여전히 부끄러운 기억으로 내게 남아 있다. 누군가에게는 상처가 됐을 게 뻔하다. 하지만 '어떻게 하면 친해질까?'만 고민했던 내가 갑자기 '어떻게 하면 자연스럽게 멀어질까?'를 궁리하려니 쉽게 답이 나오질 않았던 거라고 변명해 본다. 과식하면 게워 내기라도 할 수 있을 텐데, 과하게 맺은 인연은 게워 낼 수도 없으니까.

이제는 '어떻게 하면 건강하게 관계를 유지할 수 있을까?'를 고민한다. 무작정 도망치는 건 더 이상 원치 않는다. 그렇다고 참으면서 나를 소진하고 싶지도 않다. 타인과 적당히 거리두기를 하기 위해서는 '느슨한 관계'를 맺는 게 답이 아닐까?

'느슨한 관계'는 성글게 손을 잡고 가는 것처럼 어떤 압박도 없는 사이를 말한다. 장애물이 나타나면 살짝 멀어지고, 좁은 길이 나오면 뒤따라 가고, 널찍한 길에서는 손을 잡고 힘껏 달리기도 한다. '늘 함께'가 아니라 '따로 또 같이'를 지향하는 것이다.

한 손에 꼽을 정도로 남은 친구들과 '느슨한 관계'를 유지하기 위해 분명한 원칙이 생겼다. 모든 관계에서 나를 최우선에 둔다는 것이다. 밖으로 안테나를 세우는 대신 예민하게 내 감정을 살핀다. 이기적이라고 느낄 수도 있지만, 서로가 편안해지기 위한 가장 이상적인 방법이라고 생각한다. 내가 행복해야만 타인에게도 관대해질 수 있기 때문이다. 그래서 하루 세 번 양치질하듯 규칙적으로 좋아하는 일을 하는 것을 잊지 않는다. 내 안에 에너지가 바닥난 상태로는 누구를 만나도 즐거울 수 없으니까.

무엇보다 내 감정이 원활하게 자급자족 되는지 항상 체크한다. 상대방에게 지나치게 의존하면 다시 밀착된 관계로 돌아갈 수밖에 없다. 그러니 남이 해결해 주길 바라거나, 나조차 어쩔 수 없다고 외면하지 않고 오래 걸리더라도 스스로 문제를 풀어 가려고 노력한다. 시간을 충분히 주면서.

작가 피천득은 수필 『나의 사랑하는 생활』에 이렇게 적었다. "여러 사람을 좋아하며 아무도 미워하지 아니하며, 몇몇 사람을 끔찍이 사랑하며 살고 싶다." 나는 이 문장에 조건을 붙이고 싶다. '나를 사랑하는 생활을 하면' 여러 사람을 좋아하면서 아무도 미워하지 않고 몇몇을 끔찍이 사랑할 수 있다고. 나를 가장 사랑해야만 다른 사람에게 온기를 나눠 줄 수 있는 거라고.

시소에서 내려오는 일

내가 사는 아파트는 내년이면 지은 지 30년이 된다. 겉은 멀쩡해 보이지만, 들여다보면 여기저기 낡고 고장 난 곳이 많다. 3년 전에 여기로 이사를 오면서 보일러도 고치고, 장판이랑 벽지도 새로 했다. 바람이 숭숭 통하는 창틀도 모두 바꿨다. 그렇게 싹 손을 보고 나니, 제법 살 만해졌다.

아파트만 해도 서른 살이 되면 이 모양인데 사람이라고 다를까. 내가 암 진단을 받은 게 서른두 살. 아파트처럼 대대적인 수리를 해도 이상할 나이가 아닌데 항암치료를 하고 있다고만 하면 사람들은 "젊은 사람이 어쩌다가……."

하면서 안쓰러워했다.

2017년이 시작되던 1월, 항암을 하러 낮병동에 갔던 날. 제일 늦게 병실에 들어간 나는 화장실 옆 자리에 배정됐다.

'창가 자리가 좋은데.'

실망하며 짐을 풀었다. 병실 한가운데 침대에 자리 잡은 아주머니께서는 주변 사람들을 한 명 한 명 인터뷰하고 계셨다. "어디가 아파서 왔냐?"는 질문에 다들 자연스럽게 말을 섞었다. 아주머니 곁에는 내 또래로 보이는 여성이 있었다. 갈색 웨이브 머리를 늘어뜨린 하얀 피부의 그녀. 딱 봐도 아주머니의 딸 같았다. 그녀는 엄마가 주변 사람들과 수다를 떠는 동안 말없이 귤을 까고 있었다.

"효녀네. 엄마 아프다고 같이 왔구나. 이래서 딸이 있어야 해. 아휴, 참해라."

창가 쪽에 누워 있던 아주머니가 엄마 입에 귤을 넣어주는 딸을 칭찬했다.

"네, 얘가 어릴 때부터 진짜 착했어요. 내가 괜찮다고 해도 맨날 이렇게 회사도 빼고 같이 와요. 혼자 와도 되는데."

엄마의 칭찬을 들은 딸은 쑥스러운 듯 웃었다. 한참 딸 자랑을 하던 아주머니는 마지막 인터뷰 대상인 나를 향해 시선을 돌렸다. 그리고 나를 보자마자 "아이고…… 우리 딸 또래 같아 보이는데…… 젊은 사람이 어디가 아파서 왔어요?" 하셨다.

"아휴, 그러게 친구네, 친구야. 멀쩡해 보이는데 어디가 아파?"

내 옆 침대에 누워 있던 할머니께서 고개를 끄덕이며 맞장구를 치셨다. 시선이 내 쪽으로 쏠렸다. 병실에 있는 모든 환자와 보호자들이 내 대답을 기다리고 있는 것만 같았다. 그 순간 나와 또래인 그녀와 눈이 마주쳤다. 그녀는 나를 바라보며 입을 한 일자로 꾹 다문 채 눈만 깜빡이고 있었다.

"혈액암이에요."

짧게 대답하고 화장실로 숨었다. 더 이상 질문을 받고 싶지 않았다.

내 나이에 아픈 부모님을 돌보는 건 '효녀' 소리 들을 일이지만, 내 나이에 환자가 되면 부모님께 걱정만 끼치는

'불효녀'다. 나는 젊어서 암에 걸린 게 잘못이라고, 이 나이에 남들은 다 건강한데 너만 왜 그리 나약하냐고 자책했다. 아무렇게나 던진 돌에만 개구리가 맞아 죽는 게 아니었다. 내가 약한 개구리이기 때문에 꽃으로 맞아도, 풀에 스쳐도 쉽게 상처 받는다고 생각했다. 그렇게 나를 탓했다.

화장실 변기에 한참 앉아 있다가 손을 씻고 다시 내 침대로 돌아왔다. 누가 또 말을 걸기 전에 얼른 커튼을 쳤다. 그렇게 커튼으로 만든 방에 숨어서 물도 안 먹고, 스마트폰도 안 보고, 계속 천장 무늬만 봤다.

"젊은 사람이 어쩌다가……." 하는 동정을 받는 게 서글펐다. 젊음과 건강을 한 세트처럼 묶어 놓고, 젊은데 건강하지 못한 사람을 하자 있는 물건 취급하는 게 싫었다. 죽을 때까지 안 아픈 게 이상한 거지, 아픈 걸 고치면서 사는 게 뭐가 그리 대수라고. 나를 동정하는 눈빛, 혀를 끌끌 차면서 쏟아 내는 말들이 갑작스럽게 내리는 소나기처럼 불편하기만 했다.

내 또래 암환자들과 소통하고 싶었다. 젊다는 게 특별하지 않은 사람들 속에 섞여 얘기 나누고 싶었다. 아픈 건 내 잘못이 아니라고 위로받고 싶었다. 마침 혈액암 협회 홈페이지에서 '2030 젊은 암환자 모임'을 한다는 공지를 봤다. 나와 비슷한 처지인 젊은 암환자끼리 대화를 나눌 수 있다는 생각에 당장 신청했다.

행사 장소에 가니 이미 사람들이 열 명 정도 모여 있었다. 가벼운 목례를 나누고 한동안 서로 말이 없었다. 멀뚱멀뚱 허공을 바라보다 흘깃거리며 주변을 둘러봤다. 탈모가 진행되고 피부색도 변해서 한눈에 아프다는 걸 알 수 있는 분도 있었지만, 짙은 화장과 가발 탓인지 전혀 아픔의 그림자가 없어 보이는 분도 있었다. 마침내 행사를 진행하는 스탭이 등장해 자기소개 시간을 가졌다.

"안녕하세요. 저는 유방암 3기구요, 항암치료를 받고 있는 ○○○입니다."

"반갑습니다. 저는 폐암 2기예요. 올해 관해 판정받았습니다. △△△입니다."

전혀 다른 생김새의 젊은이들이 자기를 소개하는데, 수식어는 같았다. 마지막 차례를 기다리다가 여기서 만나지 않았다면 우리가 어떻게 자기를 소개하고 있을지 생각했다. 아마 무슨 대학교 몇 학년이라든지, 무슨 회사 몇 년 차라고 했을 것이다. 나를 꾸미고 설명하는 말이 고작 '무슨 암 몇 기'라는 사실이 서글펐다.

"처음 뵙겠습니다. 저는 다섯 살 아이 엄마예요. 혈액암 1기고, 항암치료 중입니다."

'엄마'라는 말에 다들 눈이 동그래졌다. 알고 보니 나를 제외한 모두가 미혼이었다. 그 자리엔 일을 하는 사람도 없었다. 직장에 다녔지만 암에 걸려 쉬고 있거나, 아예 퇴사를 한 사람도 있었다. 대학교에 입학했지만 학교에 다닐 엄두가 안 난다고, 취직은 할 수 있을지 막막하다는 하소연도 이어졌다.

결혼하고 아이도 있는 나는 부러움의 대상이었다. 여기 오니 내가 엄마라는 이유만으로 특별한 행운을 누리는 사람이 된 기분이었다.

우쭐해진 나는 "남편이 의사인데도 환자 마음을 전혀 모른다."면서 의도적으로 남편의 직업을 알렸다. 이왕이면 더 부러운 사람이 되고 싶었다. "남편이 근무하는 병원에서 치료받으면 정말 든든하겠어요." 사람들의 말에 그렇지도 않다며 너스레를 떨었다.

정작 집에 돌아오는 버스 안에서 나는 고개를 들 수 없었다. 내가 부끄럽다 못해 환멸이 났다. 다들 서로를 위로하고 공감해 주려고 나온 자리에서 '나는 저들보다 나아. 그러니까 행복해.'라고 비교하며 위안을 얻고 싶었다는 게 한심하게 느껴졌다. 내 또래의 보호자한테서 느꼈던 열등감을 환자들 사이에서 회복하려 했다는 자괴감만 남았다.

그날 이후로 나는 달팽이가 됐다. 살짝 건드리기만 해도 집으로 들어가 버리는 달팽이처럼 스스로 고립을 택했다. 병원에 가면 재빨리 커튼을 쳐서 나만의 방을 만들었다. 젊은 암환자 모임에도 다시는 나가지 않았다. 친자매처럼 편했던 친구들과도 멀어졌다. 주로 혼자 시간을 보냈다.

그렇게 달팽이처럼 숨어서 책을 읽다가 양귀자의 소설 『모순』 속에서 이런 구절을 발견했다.

"나의 불행에 위로가 되는 것은 타인의 불행뿐이다. 그것이 인간이다."

이 구절이 오랫동안 나를 안아 줬다. 남의 불행을 보고 행복해지려 했던 못난 나를 토닥여 줬다. 젊은 환자인 나를 보고 동정하던 사람들도, 결혼하고 아이가 있다는 사실에 안도하던 나도 모두 못나지도 잘나지도 않은 평범한 인간이라서 그랬던 건 아니었을까.

암에 걸리고 나서 누굴 만나도 시소에 탄 기분이었다. 시소에 타면 내가 아닌 상대방을 바라볼 수밖에 없다. 그리고 건너편에 탄 사람의 무게로 내 위치가 결정된다. 나보다 더 행복해 보이는 사람을 만나면 우울하고, 나보다 더 불행해 보이는 사람을 보면 안도했다. 나는 그냥 나일 뿐인데, 누구와 견주느냐에 따라 행복해지고 불행해졌다.

나는 좀 더 편안해지기 위해 시소에서 내려오는 연습을 한다. 남을 볼 시간에 나만 아는 나의 마음, 불안하고 우울한 기분, 내 감정을 조금 더 알아주려 한다. 젊은 환자였을 때는 불행해지고, 젊은 엄마였을 때는 행복해지는 내가 아니라, 그냥 나라서 행복한 내가 되고 싶다. 타인의 불행의 무게에 따라 내 행복이 결정되지 않기를 바라며, 오늘도 시소에서 내려오는 중이다.

4부

안아 주기

누구나 위로가 필요하기에

힘들 땐 나의 슬픔과 분노, 고통과 절망을
알아차리려 노력한다. 누구와 비교하지 않은
순수한 내 감정을 향해 '많이 힘들었구나.' 하고
다독여 준다. 남에게 내 마음을 설득하려
하지 않고 그저 보듬어 준다.
객관적인 불행은 없으니까.

별이 되고 싶었던 불가사리

"나 임종 체험했는데 너무 슬퍼서 엉엉 울었어. 유서도 쓰고, 관에도 들어갔는데 진짜 죽는다고 생각하니까 눈물이 멈추질 않더라. 너희도 한번 해 봐!"

친구가 죽었다 살아난 사람처럼 호들갑을 떨면서 이야기를 이어 갔다. 자기 영정이라면서 사진도 보여 줬다. 나는 아무 대꾸도 하지 않았다.

'내가 뻔히 항암치료하는 걸 알면서, 죽는 연습을 하라고?'

남의 속도 모르고 그런 말을 하는 게 얄미웠다. 암에 걸린 이후부터 나는 줄곧 임종 체험 중이었기 때문이다.

건강한 사람이 죽는다는 상상만 해도 눈물이 나고 삶이 소중해지는데, 암환자는 오죽하겠는가. 좋은 직장, 비싼 아파트, 근사한 외제차도 내가 살아 있어야만 누릴 수 있다는 것쯤은 누구나 안다. 하지만 '이러다 나 죽는 거 아냐?' 하는 순간까지 몸 상태가 나빠져 보면 단순히 머리로만 알고 있던 사실이 절절히 느껴진다.

가수 이효리가 〈놀면 뭐하니〉라는 프로그램에 나와 제주도 해녀의 일화를 소개한 적이 있다. 가수 비, 개그맨 유재석과 함께 부를 노래의 주제를 정할 때였다. 비는 '포기하지 마.'라는 주제를 제안했지만 이효리는 '포기하면 어떠냐.'면서 맞선 상황이었다.

이효리는 "베테랑 해녀가 한번 놓친 전복을 다시 잡으려고 욕심내면 죽을 수도 있다고 했다."면서 "그런 전복은 바위에 딱 붙어서 떨어지지 않기 때문."이라고 설명했다. 사소한 것에 목숨 걸지 마라, 괜한 욕심을 냈다가 큰 화를 입을 수도 있다는 뜻으로 이 에피소드를 꺼낸 것이다.

그 말을 들으면서 나는 물 밖으로 머리를 내밀고 숨을 가쁘게 내쉬는 해녀가 아니라, 바다 깊은 곳에서 찰싹 붙어 있는 전복을 떠올렸다. 전복은 평상시보다 더 악착같이 힘을 내서 죽을 고비를 넘겼을 것이다. 암을 겪은 사람들이 삶에 대해 더 애착을 가지고 살아가는 것처럼 말이다.

암 생존자들 가운데는 '암이 축복'이라고 말하는 사람도 있다. 암에 걸리고 내 인생이 얼마나 소중한지, 살아 있음 그 자체로 얼마나 행복한지 알게 되었다고 하면서. 하지만 나는 그 말에 동의할 수 없었다. 항암치료를 받으면서 나는 점점 피폐해졌다. 암이 내 몸 전체로 퍼져 나가는 끔찍한 상상을 하거나, 아이만 남겨 놓고 먼저 세상을 떠나는 꿈을 꾸고 나면 걷잡을 수 없이 불안했다. '암이 축복'이라고 말하는 사람들의 미소는 밤 하늘의 별처럼 아득해 보였다. 나와는 상관없는 남 일 같았다.

몸이 아프니 내가 할 수 있는 일은 아무것도 없다고 생각했었다. 불안과 두려움을 토하며 울다가 해 뜨는 걸 보는 날이 많았다. 그때 나는 '이렇게 지긋지긋한 암을 축복이라고 하다니, 말도 안 되는 소리. 암에 안 걸리는 게 축복.'이라고 욕했다.

그 시절 마음은 늘 관 속에 있는 기분이었다. 아이가 유치원에 가면 먹지도, 자지도 않고 침대에 누워 천장만 쳐다 본 적도 있다. 살아 있지만 죽어 있었다.

그러기를 몇 개월, 불현듯 내 행동이 한심했다. 앞뒤가 안 맞는다고 생각했다. 처음 암에 걸렸을 때만 해도 오래오래 살고 싶다고 해 놓고선, 정작 살아 있는 지금 이 순간을 죽어 지내다니, 아이러니하지 않은가?

'더 아파서 내 몸을 마음대로 가누지 못하면 그땐 일어나고 싶어도 못 일어나. 지금 뭐라도 하자. 진짜 누워 있기만 해야 할 때가 오면 억울해서 어쩌려고 그래? 내 힘으로 일어설 수 있을 때는 지금뿐일 수도 있어.'

갑자기 수행을 통해 큰 깨달음을 얻은 스님이라도 된 기분이었다. 죽었던 마음이 살아서 벌떡 일어났다. 맨날 일어나지도 않을 걱정을 하며 죽은 듯 살 바에는 하루를 살더라도 '지금 여기'에 집중하는 삶을 살겠다고 다짐했다. 먼저 자기계발서를 잔뜩 읽었다. 작은 성취감을 반복해서 느껴야 습관이 된다는 말에 밑줄을 그었다. 다이어리를 펼치고 빨간색 펜으로 크게 적었다.

새벽 6시에 일어나기

눈 뜨면 홈트 20분

하루에 만보 걷기

매일 한 꼭지씩 글쓰기

하기 싫어도 계속하다 보면 습관이 될 거라고 믿었다.

바위에 달라붙은 전복처럼 악착같이 살아야 한다고 생각했다. 죽다 살아났으니 삶을 더 의미 있게 살아야 한다고, 다시 태어난 것처럼 살아야 한다고 나를 다그쳤다. 나도 암에 걸린 게 축복이었다고 말하며 별처럼 빛나고 싶었다.

하지만 그런 의욕도 시간이 지나며 점점 사라졌다. 한 달도 못 가서 계획은 무너졌다. 작은 성취들을 모으는 게 쉽지 않았다. 지킨 날보다 못 지키는 날이 늘어나자 아예 포기해 버리고 말았다.

문득 아이를 임신했을 때가 떠올랐다. 임신해서 내가 가장 하고 싶었던 일은 달리기였다. 원래 달리는 데 취미가 있었던 것도 아니다. 누가 뛰라고 하면 정색하면서 싫다고 했었다. 그런데도 배를 받치고 조심조심 걸을 때면 신나게 달리지 못해서 서글펐다. 몸의 변화를 받아들이기보다는 못 하게 된 걸 아쉬워했다.

암에 걸려서도 마찬가지였다. 체력이 약해지고, 마음이 힘들어진 게 당연한데, 그걸 받아들이지 않고 예전의 나를 그리워했다. 아픈 데도 없고, 열정이 넘치던 시절의 나를. 예전처럼 계획을 세워서 반복한다고 습관으로 굳어지는 건 아니었다. 내 몸에 생긴 변화를 받아들이고 인정하는 게 먼저였다.

아무리 모양이 같다고 해도 불가사리는 별이 아니다. 나는 그걸 부정하고 빛나길 바랐다. 내가 불가사리라는 걸 인정하지 않고 수면으로 떠오르려 애를 쓰니 힘만 들었다. 수영 실력이 형편없다고 나를 몰아붙이고, 반짝이지 않는다고 좌절했다. 완전히 탈진해서 바닥에 가라앉은 뒤에야 깨달았다. 내가 꼭 하늘에서 별이 될 필요는 없다는 걸. 나는 이미 바닷속에서 별이었다는 걸 말이다.

나는 암에 걸린 게 축복이라는 말은 하지 않는다. 그렇다고 해서 비극이라고 푸념하지도 않는다. 암은 그저 암

일 뿐이다.

이제는 죽다 살아났으면 좀 변해야 하는 것 아니냐고, 나를 몰아세우지 않는다. 어떤 상황에서든 나를 그저 있는 그대로 바라보는 것, 함부로 평가하지 않는 것부터 시작한다. 억지로 일으키려 하지 않고 충분히 기다려 줘야만 지금의 나를 받아들일 수 있을테니까.

늘 아름다울 수는 없겠지만

누가 강남에 살라고 돈을 줘도 나는 강북에 살겠다고 했을 때, 남편은 진짜냐며 눈을 동그랗게 떴다. 당연히 진심이라는 내 말을 듣고도 남편은 설마 하는 눈치였다.

"강북은 새로 지은 건물이랑 오래된 궁궐이 함께 있어서 좋아. 시간 여행자가 된 것 같잖아."

그 말을 하면서 머릿속은 이미 시청역을 빠져나와 덕수궁 주변을 걷고 있었다. 고궁의 시간은 과거로, 빌딩의 시간은 미래로 향한다. 나는 그 가운데 선다. 현재라는 시간을 공간으로 바꾸면 아마 그곳이 되지 않을까.

가만히 들여다보면 칼날 같은 건물들 사이에 있는 오

래된 궁궐은 몹시 이질적이다. 이런 현대적인 도시 한복판에 가장 나이 많은 건물이 있다니. 그래서 고궁만 관람하는 것보다 빌딩과 어우러진 궁궐의 모습을 보는 게 더 좋다. 단조롭고 획일적이지 않은 도시의 양면성을 보는 게 재미있다.

반면에 내가 사는 곳은 99살 할머니의 생일케이크 같다. 빈 곳 없이 빽빽이 꽂힌 초처럼 아파트를 꽂아 놓았다. 사람들은 신(新)도시라고 부르는데, 나는 하나도 새롭게 느껴지지 않는다. 꽃도 피지 않는 이 도시의 겨울은 그래서 몸이 비틀릴 정도로 지루하기만 하다.

그날도 잠시 숨통을 틔고 싶어서 딸내미 손을 잡고 시내에 나갔다. 덕수궁 근처에 있는 시립미술관에서 내가 보고 싶은 전시가 열리고 있었던 것도 좋은 구실이었다. 미리 초대한 언니와 조카들도 함께했다. 색다른 곳에서 만난 아이들은 놀이동산에라도 온 것처럼 즐거워했다. 여기 심어 놓은 꽃도 작품 같다는 언니의 말처럼 미술관 주변의 봄은 아름다웠다. 꽃 구경에 한창 빠져 있다가 전시 관람을 예약한 시간에 맞춰 발걸음을 옮겼다.

아이들 손을 잡고 안으로 들어가려는데, 안내하시는 분이 우리 일행을 막아섰다. 신체 노출이 있는 작품이 있으니 관람하기 전에 미리 아셔야 할 것 같다고 했다. 이미 대학 시절부터 지켜봐 왔던 작가의 전시였기에 나는 별로 개의치 않았다.

하지만 작품을 보니 왜 그런 경고를 하셨는지 충분히 이해가 됐다. 미리 알고 갔지만 좀 당황했다. 실제 마주한 작품은 사진에서 본 것보다 훨씬 기묘하게 느껴졌기 때문이다. 사람의 장기를 주렁주렁 달아 놓은 것 같은 작품도 있고, 여성의 가슴과 남성의 성기를 함께 지닌 조형물도 있었다. 전시장 한편에서 기괴한 분장을 한 작가가 행위 예술을 하는 모습이 재생되자 언니는 나가는 게 낫지 않겠냐며 눈살을 찌푸렸다. 마치 이곳에서 아이들을 빨리 구해야 한다고 결심한 것 같았다.

정작 아이들은 엄마 속도 모르고 신이 났다. 작품 하나하나 꼼꼼히 관찰하면서 자기들끼리 소곤거렸다. 기발하고 엉뚱하게 느껴지는 작품 앞에서는 킥킥 웃었다. 여섯 살짜리 조카는 이런 건 나도 만들 수 있겠다며 마음껏 작가를 업신여겼다. 아이들은 남자랑 여자랑 반반인 사람이 특이하다면서 오랫동안 그 앞에 머물렀다. 그렇게 세 아이는 보고, 듣고, 느끼며 작품에 흠뻑 빠져 있었다.

관람을 마치고 전시장 밖에 나와서 본 풍경은 천국 같았다. 밝은 햇살을 받은 한낮의 꽃들은 전시장에 있는 작품보다 훨씬 아름답게 느껴졌다. 벤치에 앉아 잠시 쉬려는데, 언니가 걱정스러운 표정으로 물었다.

"이런 걸 애들이 봐도 괜찮을까?"

그때 대학생 시절에 들었던 문화론 수업이 떠올랐다. 그날 교수님은 썩고 있는 생선을 전시해서 논란이 됐던 작가의 이야기를 들려주셨다. 뒤이어 아들을 뜯어먹는 아버지를 그린 작품, 죽은 상어의 시체를 유리진열장에 전시한 작품 등을 연이어 보여 주셨다. 사진을 한 장 한 장 볼 때마다 속이 뒤틀렸다. 비위가 상했다. 그날 수업의 주제는 〈추한 것도 예술이 될 수 있을까?〉였다.

스무 살 무렵의 나는 예술이라고 하면 다비드의 환상적이고 매끈한 몸, 모나리자의 온화한 미소를 떠올렸다. 그래서인지 교수님께서 보여 주신 작품들은 전혀 예술이라고 느껴지지 않았다. 낯설고 기괴했다. 예술가라는 사람들이 도대체 왜 그렇게 혐오스러운 작품을 만드는 건지 이해하기 힘들었다. 과연 저런 작품을 보고 나서 기분 좋은 사람이 있긴 할까 싶었다.

교수님은 "예술을 통해 우리는 새로운 사고가 가능하다."면서 "어둡고, 괴롭고, 추한 작품을 보고 누군가의 감각을 깨울 수 있다면 그걸로 충분히 예술의 가치가 있다."고 하셨다. 그때 내가 예술에 대해 단단히 오해하고 있었다는 걸 깨달았다. 추한 것도 예술이 될 수 있다는 사실은 신선한 충격이었다.

언니가 아이들을 걱정했던 이유를 알 것 같았다. 기괴하고 추해 보이는 작품들이 편안하게 느껴질 리 없으니까. 아름다운 것만 봐야 할 아이들에게 이런 작품을 보여 줘도 되는 건지 고민했을지도 모른다. 나는 대학생 때 배운 예술의 정의를 설명해 주면서 언니를 안심시켰다. 내친김에 아이들에게 전시가 어땠는지 물었다. 아이들은 한목소리로 좋았다고 했다. 작품이 징그럽거나 이상하지는 않았냐고 물었더니 그런 질문을 하는 게 더 이상하다는 듯 고개만 갸웃거릴 뿐이었다.

집으로 돌아오는 길에 전시장에서 받아 온 리플릿을 보다가 어쩌면 내 삶도 마찬가지라는 생각이 들었다. 추함도 예술의 일부이듯, 아픈 것도 내 삶의 일부다. 나는 그걸 받아들이지 못해서 오랫동안 외면했다. 젊으니까 건강하고, 활동적이고, 생산적이어야 하는 게 당연하다고 생각했다. 아픈 내가 비정상이라고 마음대로 결론 내리기도 했다. 환자의 반대말이 정상인이니까 아픈 나는 일반적이지 않다고 여겼었다.

이제는 인생이 매 순간 아름다울 수는 없다는 걸 안다. 아니, 분명히 더 많은 아름답지 못한 순간들이 그 안에 포함될 것이다. 앞으로는 피하거나 도망치고 싶지 않다. 눈을 가린 채 혼자 울고 싶지도 않다. 선입견 없이 전시장을 누비던 아이들처럼 똑바로 응시하고, 귀 기울여 듣고, 충분히 느끼고 싶다. 그렇게 감각을 모두 깨워서 살아 있고 싶다.

아프지만, 슬프지 않은

"세상 참 많이 변했다!"

얼마 전 광고를 보다가 '늙은이' 같은 말을 내뱉고 말았다. 배우 윤여정 씨 때문이었다. 젊은 여성들이 주로 쓰는 의류 앱 광고에 일흔이 넘은 그녀가 등장했다. 내가 건강 보조식품 광고를 보고 있는 게 아닌지 눈을 의심했다. 그녀는 고객들의 할머니뻘 아닌가.

기존에 봐 온 광고는 '저 속에 장기가 다 들어갈 수 있나?' 싶을 정도로 잘록한 허리에, 내 겨드랑이부터 시작될 것 같은 긴 다리를 가진 모델들이 주인공이었다. '저 옷을 입으면 나도 모델처럼 될 수 있을까?' 하는 기대 심리를 자극해 구매를 유도하곤 했다. 그런 모델들과 달리 할머니는 질투심이나 부러움을 자극하지 않는다. 대신 시크하게 툭 내뱉는다.

"옷 입는 데 남의 눈치 볼 거 뭐 있니. 그러니까 너희 마음대로 사세요."

광고에서 모델이 외적인 모습을 뽐내는 게 아니라 패션을 대하는 태도, 나아가 삶을 대하는 자세를 가르쳐 주는 게 신선하게 느껴졌다.

이탈리아 밀라노에서 한국인 최초로 유학을 했다는 할머니도 인기다. 방송에 나온 유학파 할머니가 인상적이어서 유튜브에 검색해 보니 이미 많은 여성에게 지지를 받는 인플루언서였다. 하얗게 센 머리를 굳이 염색하지 않고, 자연스럽고 편안한 옷차림으로 자신만의 멋을 풍기는 모습에 나 역시 오래도록 시선이 머물렀다.

그녀는 젊은이들에게 옷 잘 입는 비법을 알려 주고, 고민 상담을 해 주기도 한다. 오랜 세월이 농축된 그녀의 조언에 고개가 저절로 끄덕여져서 '구독'과 '좋아요' 버튼을 누를 수밖에 없었다.

젊음만으로 여성의 아름다움을 수식하던 때가 있었다. 누가 딸인지, 엄마인지 모를 정도로 어려 보이는 동안 아줌마나 이십 대보다 탄탄한 오십 대 몸짱 아줌마가 TV에 나와서 비법을 전수해 주기도 했다. 중년 배우들의 빵처럼 부푼 이마와 볼에는 나이보다 어려 보이기 위해 애쓴 흔적이 확연했다. 한마디로 나이 들어가는 것을 온몸으로 거부했다. 세월의 흔적을 지우는 게 당연하게 느껴지던 시절이었다.

그래서일까. 처음에는 할머니들이 화제가 되는 게 그저 신기했다. 불편하기보다는 익숙하지 않았다. 하지만 그녀들의 모습을 지켜보면서 이유 있는 인기라는 생각이 들었다. 나 역시 팬이 됐다.

그녀들에게는 공통점이 있다. 스스로 '늙은이'라고 칭한다는 것이다. 과거에는 비하의 의미로 느껴졌던 이 말이 두 멋쟁이 할머니들이 쓰니까 그렇게 쿨해 보일 수가 없었다. 남들은 얼굴 붉힐 법한 '늙은이'라는 말을 스스로에게 붙일 수 있는 건, 늙어 가는 것에 대한 거부감이 없기 때문 아닐까.

실제로 배우 윤여정 씨는 예순이 넘어서야 내가 하고 싶은 일을 골라서 할 수 있게 됐다며 나이 듦에 감사했다. 그녀의 말솜씨를 칭찬했을 땐 "내가 나이가 많잖아." 하면서 재치 있게 연륜을 드러내기도 했다. 유튜버 할머니 역시 과거로 돌아가고 싶은 순간이 있느냐는 질문에 지금이 너무 좋고 과거에 대해 후회하지 않는다고 했다. 늙어 감을 서글퍼하고, 젊음을 그리워하는 게 아니라 지금에 만족하는 것이다.

스스로 '늙은이'라고 하지만 정작 그녀들의 모습을 보면 그런 말이 무색하게 느껴진다. 노년의 삶을 거저 얻은 보너스쯤으로 여기지 않기에 누구보다 젊다. 자신의 상황을 받아들이고, 적극적으로 새로운 것을 배우며 살아가는 것이야말로 '젊은이'의 태도가 아니고 무엇이겠는가.

이렇게 멋진 할머니들이 대세라는 사실이 나는 반갑고 다행스럽다. 아마 많은 사람이 그녀들을 보며 되돌릴 수 없는 젊음을 마냥 부러워하지 않고, 앞으로 다가올 자신의 삶을 받아들일 것이다. 나 역시 마찬가지다. 나이가 들어도 자기만의 라이프 스타일을 가꿔 나갈 수 있고, 자아는 더욱 견고해진다는 걸 깨닫고 나니 늙어 감이 두렵지 않다. '늙은이'가 된 나의 모습을 상상해 보게 된다.

늙는 것이 피하고 싶은 운명이 아니라, 자연스러운 인생의 과정인 것처럼 아픈 것도 마찬가지다. 매체에서 흔히 소비되는 환자의 이미지는 언제나 불쌍하고 안타깝게만 그려진다. 하지만 아픔은 누구나 겪을 수 있는 자연스러운 감각일 뿐이다. 살아가면서 누구나 겪는 일이다. 당연히 피할 수도 없고, 부끄러운 것도 아니다.

당당하게 '늙은이'라고 소개하는 그녀들처럼 아프다는 것도 전혀 숨길 필요가 없다. 실제로 요즘 유튜브에서는 그런 환자들의 브이로그가 눈에 띈다. 암, 파킨슨 병, 루게릭 병처럼 누구나 쉽게 죽음과 연관 짓는 병에 걸린 분들이 직접 자신의 일상을 보여 주고 담담하게 상황을 이야기한다. 누군가는 "왜 굳이 아픈 걸 보여 주느냐?"고 할지도 모르겠다. 그들은 당연히 아픈 걸 자랑하려고 하는 게 아니다. 동정받고 싶어서도 아닐 것이다. 그들이 보여 주고 싶은 건 "아프지만, 그게 뭐 어때서?"라고 말할 수 있는 당당함이라고 생각한다.

작가 수전 손택은 『은유로서의 질병』에서 이렇게 말했다.

"사람들은 모두 건강의 왕국과 질병의 왕국, 이 두 왕국의 시민권을 갖고 태어나는 법, 아무리 좋은 쪽의 여권만을 사용하고 싶을지라도, 결국 우리는 한 명 한 명 차례대로, 우리가 다른 영역의 시민이기도 하다는 점을 곧 깨달을 수밖에 없다."

늙는 것처럼 아픈 것도 살아가는 과정일 뿐이다. 환자가 『마지막 잎새』에 나오는 주인공이 아니라, 건강을 잘 돌보며 살아가는 생활인으로 인식될 수 있으면 좋겠다. 자신의 삶을 깊숙이 이해하며 살아가는 철학자로 받아들여진다면 더 좋겠다. 아니, 특별히 불행한 사람이 아니라 그저 나일 수도 있다고 여겨진다면 바랄 게 없겠다.

이만하면 다행이라는 거짓말

아름답고 지적인 여성이 있다. 그녀는 언어학의 권위자로, 존경받는 교수이자 사랑받는 아내 그리고 훌륭한 엄마였다. 매력적인 음색이 모여 이루어진 앙상블처럼 그녀의 일상은 우아하게 흘러갔다.

불협화음이 들리기 시작한 건 그녀의 기억이 조금씩 흐려지면서부터였다. 정상적인 생활이 불가능해짐을 느낄 무렵, 그녀는 의사로부터 치매라는 진단을 받는다. 치매 환자가 된 그녀는 더 이상 학생들을 가르칠 수 없고, 혼자 요리하는 것도 불가능해진다. 스스로 화장실조차 찾을 수 없게 된 그녀는 자기가 살던 집 안을 헤매다가 바지에 오줌을 싸고 만다.

"차라리 암이라면 좋겠어."

영화 「스틸 앨리스」 속 주인공은 이렇게 말했다. 괴로울 때 죽고 싶다는 말은 들어 봤지만, 암이라면 좋겠다는 말은 낯설었다. 이 영화를 볼 때 내 항암치료는 마무리 단계였다. 처음에는 하혈을 하고 혈압이 두 배 가까이 치솟을 정도로 괴로웠지만, 부작용은 차츰 줄어들었다. 항암제를 열여덟 번이나 맞는 동안 기특하게도 암 덩어리는 사라졌다. 하지만 마음의 건강은 나빠져 가고 있었다.

스스로 주홍글씨를 찍었다. 나는 평생 암의 그늘에서 살게 될 거라고, 예전처럼 건강해질 수 없다고, 암이 언제 온몸으로 퍼질지도 모른다고. 그런 와중에 영화 속 주인공의 암이라면 좋겠다는 말을 들으니 머쓱해졌다. 내가 제일 불쌍하고 안쓰러웠는데 어쩌면 치매 환자로 살아가는 건 더 지옥일 수도 있겠다는 생각이 들었다. 불행의 무게를 저울질하며 '이만하면 다행'이라고 나를 달랬다.

암에 걸린 나를 부러워한 사람은 또 있었다. 항암치료를 받는 동안 나는 마음이 답답할 때면 글을 썼다. 일기장에도 쓰고, 브런치나 블로그처럼 인터넷상에서 공개된 곳에도 썼다. 글을 쓰면 마음이 편해졌다. 갈 곳 없이 부유하던 우울함을 모두 꺼내 놓으니 후련해지는 기분이었다.

글쓰기를 시작한 지 몇 달이 지나, 블로그에 나만 볼 수 있는 비밀 댓글이 달렸다. 자신은 난소암 말기 환자인데, 결혼도 하지 않았고 앞으로 아이도 낳을 수 없다고 했다. 안타까워하며 한 글자, 한 글자 읽어 가다가 마음이 내려앉았다.

[결혼도 했고, 아이도 있고, 별로 심각한 상태인 것 같지도 않은데……. 솔직히 너무 배부른 소리 한다고 생각하지 않으세요?]

배부른 소리 한다는 댓글에 아무런 반박을 할 수 없었다. 댓글 속 목소리가 나를 향해 나약하다고 꾸짖는 기분이었다. 타인을 의식하지 않고 마음껏 쏟아 냈던 내 마음이 누군가에게는 상처일 수도 있다는 걸 알고 괴로웠다.

그 후로 공개된 곳에 글을 쓸 때면 조심스러웠다. 내가 이렇게 투정을 부려도 되나, 나보다 더 힘든 환자들이 많은데 엄살 떠는 건 아닌가. 계속 글을 썼다 지웠다 하면서 내 감정을 검열했다.

"이 정도라서 얼마나 다행이야."

"멀쩡해 보이네. 암이라고 해서 걱정했어."

암에 걸리고 나서 주변 사람들은 나에게 '이만하면 다행'이라고 했다. 말기암이 아니라서 다행이다. 네가 당장 돈을 벌어야 되는 건 아니라서 다행이다. 수술 말고 항암 치료만 하면 된다니 다행이다. 부작용이 별로 없어서 다행이다. 애 하나라도 낳고 암에 걸려서 다행이다. 다행이다. 다행이다. 이만하면 다행이다.

다행이라는 말을 들을 때마다 새어 나오는 한숨을 참아야 했다. 삐져나오는 눈물을 들키지 않으려 애썼다. 지금 이런 상황에서 힘들다는 말을 하면 안 되지. 나보다 더 힘든 환경에서 더 아프게 살아가는 사람들도 있는데 나는 이 정도면 감사해야지. 힘들 때마다 스스로에게 '이만하면 다행'이라고 강요했다.

마음을 계속 억누르다 보니 부력을 잃은 물고기처럼

가라앉았다. 힘들 때 나를 외면하니까 즐거울 때도 웃을 수 없었다. 무감각한 사람이 되어 가고 있었다. 죽고 싶지만 떡볶이는 먹고 싶은 사람도 있던데 난 아무것도 먹고 싶은 게 없었다. 하고 싶은 것도 없었다.

그러다가 꾹 눌러 놓은 마음이 용수철처럼 튀어 오르는 사건이 있었다. 대학원에서 상담 실습을 할 때였다. 교수님께 상담받는 모습을 수강생들이 지켜보는 시간이었다. 나는 손을 들어 내담자를 자청했다.

"저는 제 마음을 잘 모르겠습니다. 아무것도 하고 싶은 게 없습니다. 뭘 하려고 할 때마다 '이런 거 해서 뭐 해.' 하는 회의적인 생각이 듭니다. 제가 잘할 수 있을지 자신도 없구요."

내 마음을 내가 모르겠다니. 질문을 하면서도 어리석다는 생각이 들었다.

"언제부터 그런 생각이 들었나요?"

"암에 걸린 이후로 계속 그런 생각이 들어요. 힘들고 괴로운 마음이 들 때마다 꾹꾹 참았더니 마음속이 쓰레기통 같아요. 버려야 할 것들로 가득 찬……."

막상 상담을 시작하니까 스스로 놀랄 정도로 많은 말들이 쏟아져 나왔다. 정작 교수님은 어떤 평가도, 조언도 하지 않으셨다. 그저 나를 지켜보며 "그럴 땐 어떤 기분이 드나요?" "누가 제일 도움이 됐나요?" 같은 짧은 질문만 던질 뿐이었다.

예정된 30분의 상담 시간을 훌쩍 넘기고 나서 교수님은 나를 멈추셨다.

"잠시 말을 멈추고 심호흡을 해 보세요. 지금까지 혼자서 정말 많은 말을 했어요. 왜 그랬을까요?"

"이렇게 말하지 않으면 제 마음을 잘 모르실까 봐 그랬어요."

"누군가 자기 마음을 좀 알아줬으면 좋겠다고 생각하나요?"

더 이상 대답을 할 수 없었다. 울컥 눈물이 쏟아졌다. 이제까지 꺼낸 말보다 더 많은 눈물이 계속 쏟아졌다. 그런 나를 보면서 몇몇 수강생들도 같이 울었다. 울음소리로만 가득 찬 공간에서 교수님은 다시 말을 이으셨다.

"남한테 나를 이해시키기 위해서 애쓸 필요 없어요. 내가 그런 거면 그런 거예요. 누가 그걸 옳다, 그르다 할 수 없어요. 내가 나를 좀 더 인정해 주면 어떨까요?"

아이가 넘어져서 울 때 "괜찮아 울지 마."라고 해도 아이는 괜찮아지지 않는다. 아니, 오히려 서러워서 더 운다. 그럴 땐 실컷 울게 기다려 주고 약을 발라 주는 게 낫다. "괜찮아져야 해!"라고 강요만 하는 건 소용이 없다. 그걸 알면서도 내가 나한테 그랬다. 괜찮지 않으면서 괜찮아지라고 억지를 부렸다. '이만하면 다행'이라고 나를 속여 왔지만, 사실 내 마음은 하나도 괜찮지 않았다.

상담을 마치고 나니 더 이상 눈물은 나지 않았다. 마음 속 찌꺼기가 눈물로 다 빠져나와서 텅 빈 느낌이었다. 눈물로 젖은 휴지를 쓰레기통에 버리면서 다짐했다.

'내 힘듦의 기준은 내가 정해야겠다. 내가 힘든 것까지 남이 인정해 줄 필요는 없다.'

객관적인 불행은 없다. 영화 속 치매 환자가 부러워한다고 해서 암환자인 내가 행복해지지는 않았다. 나보다 더 위독한 암환자가 배부른 소리 하지 말라고 해서 내 슬픔이 덜어지지는 않았다. 이제는 내 고통이 다행인지, 불행인지 정의하지 않는다.

그저 힘들 땐 나의 슬픔과 분노, 고통과 절망을 알아차리려 노력한다. 누구와 비교하지 않은 순수한 내 감정을 향해 "많이 힘들었구나." 하고 다독여 준다. 남에게 내 마음을 설득하려 하지 않고 그저 보듬어 준다. 내가 그렇다면 그런 거니까. 다행이라고 억지 부리지 않고 내 편이 되어 준다.

거대한 일은 우릴 용감하게 한다

며칠 잠을 설쳤다는 H는 착즙 되고 남은 오렌지 같았다. 수분기라곤 없는 거친 피부에 안색은 누렜다. 얼굴만 봐도 잠을 못 잔 티가 팍팍 났다. 그녀는 불안한 마음이 들면 잠을 잘 수가 없다며 울상이었다.

불면증의 조짐이 보이면 그녀는 바로 병원에 갔다. 그날도 정신과에서 신경 안정제를 처방받아 왔다고 했다. 사소한 일로 시작된 불안이 들불처럼 번지면 온 마음을 태우고 나서야만 끝난다는 걸 그녀는 잘 알고 있었다. 그러니 약을 먹어서라도 막아야 했다. 매일 출근도 해야 하고 아이도 돌봐야 하니까. 약에 의지하지 않고서는 어쩔 도리가 없어 보였다.

그녀를 돕고 싶어서 무엇이 그렇게 불안한지 물었다. 그녀는 한참 망설이다가 사실 별일 아니라고 했다. 애가 밥을 잘 안 먹어서 키가 안 클까 봐 걱정, 집값이 너무 올라서 이러다 영영 집을 살 수 없을까 봐 걱정, 몸이 여기저기 고장 나는 데 나중에 더 아프면 어쩌나 하는 걱정, 몇 달 뒤 회사에서 큰 행사를 준비해야 하는데 잘할 수 있을까 하는 걱정……. 이런 걱정들 때문에 정신과 약을 먹는 것조차 걱정했다.

그녀의 마음은 화수분 같았다. 사소한 일도 그녀를 거치면 두 배로 부풀어져서 튀어나왔다.

"다들 씩씩하게 잘 사는데, 나만 이런 것 같아."

"아니야. 겉으로만 그렇게 보이는 거야. 나는 처음에 암 걸렸을 때 재발할까 봐 걱정돼서 매일 울고 잠도 못 자고 그랬어. 아침마다 침대에 누워서 암이 있었던 자리를 만져 보는 게 일과였어. 다시 커졌을까 봐 얼마나 무서웠다고."

"그건 엄청 큰일이잖아. 난 별일 아닌 것 가지고도 이러는데. 아마 내가 암에 걸렸으면 불안해서 꼬들꼬들 말라

갔을 거야."

암 경험자는 '다시 암에 걸리면 어쩌나.' 하는 걱정을 주머니 속에 넣고 다닌다. 베개 밑에도 깔고 잔다. 남들에게는 안 보이지만 불안감은 늘 손 닿을 곳에 있다. 시간이 지날수록 희미해지기는커녕 처음처럼 선명하다.

"나는 그냥, 이젠 불안이 내 일부인 것만 같아."

"너는 진짜 대단하다. '멘탈갑'이야."

나는 멘탈갑과는 거리가 멀다. 전형적인 유리멘탈이다. 밤이면 걱정이 걱정을 낳고, 그 걱정이 다시 걱정을 낳아서 무수히 번식한다. 늘 잠드는 게 어렵다. 어릴 때부터 그랬다. 초등학생 때 소풍 가기 전날, 들떠서 못 자는 게 아니라 걱정하느라 잠 못 이뤘다. 비가 올까 봐 걱정, 제일 친한 친구가 안 와서 혼자 앉을까 봐 걱정, 엄마가 싸 준 도시락이 상하지 않을까 걱정. 내 마음속에 사는 셰에라자드는 그렇게 끊임없이 걱정을 늘어놨다.

주변 사람들은 그런 내게 쉽게 충고했다. "매사에 스트레스를 받지 마!" "마음을 비워라." 그게 말이 쉽지. 나는 스트레스를 받지 않으려 애쓰다가 스트레스를 받았다. 마음이 쓰레기통도 아니고, 도대체 어떻게 비우라는 건지 알 수 없었다. 누구는 걱정하고 싶어서 하나? 나야말로 걱정이 없으면 걱정이 없겠는 사람인데 말이다.

스치기만 해도 바스러지는 멘탈을 부여잡고 생활하는 건 하루하루가 고역이었다. 내 안의 불안과 싸우는 데 에너지를 너무 많이 써서 기운이 없었다. 넘어져도 툭툭 털고 일어나는 사람들이 부러웠다. 아니, 웬만해서는 넘어지지 않는 사람이 되고 싶었다. 예민하고 걱정 많은 내가 버거웠다. 이런 내가 어쩌다 멘탈갑이란 칭찬을 듣게 된 걸까.

존 버거의 소설 『A가 X에게』에는 이런 문장이 나온다. "우리를 두렵게 하는 건 작은 일이에요. 우리를 죽일 수도 있는 거대한 일은, 오히려 우리를 용감하게 만들어 주죠."

유리멘탈인 내가 용감한 사람이란 말을 듣게 된 건 암이라는 경험이 꽤 거대한 일이어서 그런 것 같다. 거대한 일은 왜 우릴 용감하게 할까? 물러설 곳이 없으므로 맞서 싸우게 되는 걸까? 그러면서 마음이 강하게 단련되는 것일까?

작은 일들이 더 두려운 이유는 내 능력에 따라 결과가 좌우되기 때문이다. 시험에서 탈락할까 봐 걱정되는 건, 사실 최선을 다하지 않은 나에 대한 비난이 두려운 것일지도 모른다. 중요한 미팅을 망칠까 봐 걱정되는 것도 마찬가지다. 하지만 죽고 사는 문제는 좀 다르다. 개인이 애써도 바꿀 수 없다. 낫고 싶다고 해서 암이 나을 수도 없고, 살고 싶다고 해서 죽음을 피할 수도 없다. 그럼 어쩌겠는가. 받아들이는 수밖에. 거대한 일을 받아들이는 건 용기가 아니라 체념이었다. 체념이 나를 용감한 사람으로 보이게 했다.

신문에서 '코로나 이후의 삶'에 대한 기사를 본 적 있다. 코로나 팬데믹이 일회성 사태가 아니라고, 앞으로 바이러스의 공격이 연속적으로 일어날 것이라고 감염병학 전문가가 예상했다. 초등학생 시절 언니가 『노스트라다무스의 예언집』을 보여 줬을 때가 떠올랐다. 지구가 망하니까 공부하지 말라고 했을 때 비웃었는데, 이제 진짜 망했다 싶었다.

기사 속 감염병학 전문가는 "바이러스와 인간의 공존

을 위해 노력해야 한다."고 했다. 코로나와 같은 바이러스는 언제든 확산될 수 있다는 사실을 기억하되, 바이러스가 인간을 숙주로 삼지 않도록 생태계를 보호해야 한다고 당부했다. 코로나 바이러스를 퍼뜨린 박쥐를 모두 없애야 한다는 주장에 대해서는 말도 안 되는 얘기라고 선을 그었다. 박쥐를 모두 죽일 수도 없을 뿐더러, 그렇게 생태계를 파괴하면 또다시 인류에게 재앙이 된다는 것이었다.

바이러스는 불안과 닮았다. 억지로 없애려고 해도 절대로 없어지지 않으니 말이다. 그렇다면 불안 역시 바이러스처럼 있는 그대로 두는 게 가장 자연스러운 방법 아닐까. 밀어내려고 애쓰는 대신 불안을 인정하고 함께 지내는 수밖에 없는 것이다. 맞서 싸우려 하지 말고 체념해야 한다.

체념은 희망을 버리고 아주 단념하는 것만을 뜻하지는 않는다. 사전에 보면 도리를 깨닫는 마음이라는 뜻도 있다. 내가 어쩌지 못하는 상황을 바꾸려고 애쓰지 않는 것, 그게 바로 체념이다. 불안과 공존할 수 있는 가장 현명한 방법이다.

그래도 불안과 사이좋게 지내기가 힘들 땐, 미래의 나

에게 도움을 청한다. 아직 다가오지 않은 일은 미래의 나에게 미룬다. 지금은 힘들고 막막하게만 보이는 일도 결국 미래의 내가 해낼 거라고 믿는다. 그리고 뻔뻔하게 혼잣말한다.

“그건 미래의 내가 할 거야. 미래의 나를 믿자. 미래의 나야, 잘 부탁해.”

다가오지 않은 미래를 알 수 없지만, 불안과 함께 지내기 위해 앞으로도 더 많이 체념하려 한다. 다시 말해 나는 바꿀 수 없는 걸 받아들이고 용감해질 거라는 뜻이기도 하다. 분명 지금보다 훨씬 용감하고 씩씩할 미래의 나, 그녀에게 잘 부탁한다고 아부하면서 하루씩 소분해 놓은 인생을 산다.

점쟁이한테 듣고 싶었던 말

"난 아직도 왜 네가 암에 걸렸는지 이해가 안 된다. 너 어릴 때 감기도 잘 안 걸렸잖아? 내가 점을 그렇게 보고 다녔어도 둘째 딸이 암 걸린다고 한 사람은 없었는데. 하여간 내가 이놈의 점쟁이들을 싹 다 그냥!"

나는 항암제 후유증으로 근육통이 심했다. 다리가 저리고 뭉쳐서 밤에 자다 깰 정도였다. 내가 친정에 가면 엄마는 우선 나를 눕혔다. 발가락 하나하나를 튕기듯 리드미컬하게 당겨 준 다음, 엄지발가락과 둘째발가락 사이를 꾹꾹 눌렀다. 정강이 뼈 사이를 누를 때는 비명이 저절로 나왔다. 너무 아파서 도마에 올라간 광어처럼 펄떡거렸다. 울상이 된 나를 보며 갑자기 엄마는 그동안 만난 점쟁이들을 욕하기 시작했다.

내가 아프기 전까지만 해도 엄마는 점을 자주 보러 다녔다. 해가 바뀌면 신년 운세를 보고, 딸들이 결혼을 앞뒀을 땐 궁합을 보고, 중요한 시험이 있을 땐 합격운도 물어보러 다녔다. 워낙 미신을 싫어했던 나는 그런 엄마를 이해할 수 없었다. 솔직히 좀 어리석다고 생각했다. 그런 비과학적인 말장난에 속다니. 지금이 조선시대도 아니고 말이다.

“엄마가 점쟁이들한테 준 돈 다 모았으면 차 한 대는 뽑지 않았을까?”

엄마는 말도 안 된다며 샐쭉거렸지만, 이내 ‘그런가?’ 하는 표정을 지었다. 옆에서 핸드폰을 들여다보던 언니가 말을 이어받았다.

“엄마가 진짜 용한 점쟁이를 못 만나 봐서 그래. 나 얼마 전에 점 보고 왔는데 그 할머니 진짜 잘 맞춰. 너도 한번 가 볼래?”

좋은 직장에 다니고 건강할 때의 나는 점쟁이한테 간

다는 것 자체를 이해할 수 없었다. 미래를 도대체 누가 알 수 있단 말인가. 밝은 미래는 '지금' 열심히 노력하는 나만이 선물할 수 있다고 믿었다. 점쟁이한테 돈 몇 만원으로 안심을 사면 그나마 다행이지, 기껏 돈 쓰고 마음 상하는 건 더더욱 어리석다고 생각했다.

10여 년 전, 광화문에서 기자 생활을 할 때 일이다. 서울역 근처에서 회사를 다니던 친한 친구랑 종종 만나서 점심을 먹었다. 그날도 회현역 뒤에 있는 밥집에서 백반을 먹고 친구네 회사 옆 카페에 갔다. 우리처럼 점심 먹고 커피 마시러 온 직장인들이 많아서인지 꽤 넓은 프랜차이즈 카페가 금세 꽉 찼다. 테이블을 빽빽하게 심어 놓은 탓에 옆자리에 앉은 사람들과는 합석이라도 한 것처럼 가까웠다.

우리 옆 테이블에는 넥타이 멘 남자 둘이 나란히 앉아 있었다. 그 앞에 마주 앉은 중년의 아주머니는 딱 봐도 직장 상사 같지 않았다. 그녀는 무리 지어 있는 비둘기들 사이에 홀로 서 있는 학처럼 눈에 띄었다. 호기심이 생겨서 귀를 열어 보니 정장을 입은 남자들이 무언가 상담을 하고 있는 것 같았다. 하얀 옷을 입은 '학 여사'님은 알아보기 힘든 글씨로 한자를 써가며 "이번에 승진은 어려워."라고 했다.

내가 옆 테이블에 관심을 갖자 친구가 목소리를 낮추며 말했다.

"너 출장 점쟁이 몰라? 나도 얼마 전에 우리 회사 동기랑 같이 봤었는데, 되게 편해. 점심시간에 어디로 오라고 알려 주면 직접 와서 점 봐 주더라고."

엄청난 특종 거리는 아니었지만, '출장 점쟁이'라는 말이 재밌어서 내가 운영하고 있던 기자 블로그에 글을 썼다. 당시 내 생각에는 점심시간에 회사 근처로 점쟁이를 불러 점을 보고 있는 게 재밌기도 하고, 한편으로는 한심하기도 했다. 10년이나 지나서 그 때 내가 블로그에 뭐라고 썼는지 정확히 기억은 안 나지만, 그때 달렸던 댓글 내용은 아직도 기억에 생생하다.

> [젊은 '기자님'은 아직 인생에서 무언가를 간절히 바라고 원했던 적이 없었나 봅니다. 내가 열심히 노력해도 힘

에 부치고, 내 뜻대로 안 돼서 속상했던 적 없었나요? 그들이 오죽하면 점쟁이에게 의지할지 한번 생각해 보시길 바랍니다.]

당시 나는 노력한 만큼 결실을 얻었기 때문에, 자기가 원하는 걸 이루지 못하는 건 그만큼 열심히 노력하지 않았기 때문이라고 쉽게 비난했다. 그땐 몰랐다. 노력해서 이루어지는 게 바로 운이 좋다는 뜻이라는 걸 말이다.

언니가 소개해 준 점쟁이 할머니의 전화번호를 받고도 나는 한동안 관심을 두지 않았다. 그러다가 그 할머니를 찾아간 건 마음속의 슬픔이 너무 무거워서 감당이 안 되었을 때였다. 출렁거리고 넘치는 슬픔이 나를 질식시킬 것 같아서, 살고 싶어서 점쟁이 앞에 앉았다.

한 시간 남짓 이런저런 이야기를 나누고 집에 돌아오는데 기억에 남는 건 딱 한마디였다.

"아기엄마, 지금 힘들고 죽을 것처럼 괴로워도 잊지 마. 나을 수 있어. 낫는다. 내가 보장해."

집에 오는 내내 나을 수 있다는 점쟁이 할머니의 목소

리가 귓가에 울렸다. 지금 생각하면 말도 안 된다. 그 할머니가 뭘 안다고 그런 말을 했을까. 점쟁이는 EBS「명의」 프로그램에 나오는 유능한 의사가 아니다. 내 몸 구석구석 CT를 찍고, 조직검사를 한 것도 아니다. 그런데도 낫는다고 장담하는 할머니의 말이, 내가 무시했던 비과학적인 점쟁이의 그 말이 나를 우울의 바다에서 건져 줬다. 정말 나을 수 있을 것만 같았다.

암에 걸리고 나서 나는 운이 없다고 생각했다. 당시 뉴스에도 운 나쁜 사람이 암에 걸린다는 기사가 실린 적이 있었다. 《사이언스》지에 성인 암 발생 원인의 3분의 2는 불운이라는 연구 결과가 나왔는데, 환경이나 유전적 요인보다는 세포의 변이과정의 우연으로 암세포가 생성된다는 것이었다.

운이 없어서 암에 걸렸다. 아무리 발버둥 쳐도 내가 암 환자라는 사실은 바뀌지 않는다. 그렇게 노력에 대한 신뢰가 무너지자, 나 역시 지푸라기라도 잡는 심정으로 점쟁이를 만났다. 그제야 비과학적이고 비논리적인 기대를 희망이라고 부른다는 걸 알았다. 나에겐 희망이 필요했다.

10년 전 만났던 출장 점쟁이와 그 앞에 앉은 직장인들을 비웃던 나, 그리고 내가 쓴 블로그 글에 달렸던 댓글이 다시 떠오른다. 그때 나는 그 댓글을 읽고 부끄러워서 글 전체를 지워 버렸었다. 하지만 이제는 답글을 달 수 있을 것 같다.

[노력만으로 모든 결과가 바뀐다고 믿었던 이십 대의 저는 참 운이 좋았던 것 같아요. 행운을 누리면서도 감사할 줄 모르고, 타인의 간절한 마음조차 비웃었던 그때의 저를 부끄럽게 생각합니다. 10년이 지나고 저도 아픔을 겪어 보니 노력이 아무런 힘이 없을 때도 있다는 걸 알았습니다. 이제는 희망을 가지고 살아가는 모든 사람들을 응원하고 싶습니다.]

5부

돌봐 주기

아이처럼 나도 그렇게

암에 걸렸을 때, 나는 한참 동안 돌아서 가는 기분이었다. 하지만 더디게 지나온 시간들이 쌓여서 슬픔을 외면하지 않고 받아들일 수 있게 됐다. 기쁨은 행복으로 가는 유일한 길이 아니었다. 슬픔 역시 행복으로 이어지는 또 다른 길이었다.

삶의 리듬을 만드는 직업

10여 년 전에 다녔던 첫 직장의 동료들과 아직도 연락을 주고받는다. 통화를 하건 만나서 밥을 먹건, 그들은 꼭 대화의 끝에 "왜 너는 집에만 있냐." "집에 있기 아깝다."고 한다. 언론사에 입사했을 때 나의 동기는 모두 열네 명. 그 중 여섯 명이 여자, 나머지가 남자였다. 여자 동기들 중에 두 명이 이직을 했고, 세 명이 아직 그 회사에 남아 있으며, 오로지 한 명만 전업주부가 됐다. 그게 바로 나다.

"아이를 남의 손에 맡기고 일하는 게 아이를 사랑하지 않아서가 아니듯, 일을 그만두고 아이를 키우는 것도 일에 열정이 없어서가 아니다."

소설 『82년생 김지영』에 이런 문장이 나온다. 읽은 지 한참 지난 이 책의 구절을 아직도 정확히 기억하고 있는 건, 누군가 나에게 '집에만 있기 아깝다.'와 비슷한 류의 말을 할 때마다 이 부분을 읊었기 때문이다.

나를 안타깝게 바라보는 사람들에게 반박했다. 집에만 있는 게 아니라, 집에서 나만이 할 수 있는 일을 하고 있다고. 주부의 역할이 얼마나 중요한지 설명하며 목에 핏대를 세웠다. 사실 그건 나를 설득하기 위함이었다. 아이를 내 손으로 키우고 싶다고 해 놓고선 정작 내가 전업주부라는 것에 만족하지 못하고 있었기 때문이다.

이유는 간단했다. 육아도 하나의 기술이거늘, 아이를 낳은 사람이면 누구나 다 잘할 수 있다고 쉽게 생각한 게 실수였다. 모든 게 서툴고 어렵기만 했다. 아이를 낳고 몇 달도 지나지 않아 '나는 밖에서 일해야 하는 사람'이라고 결론 내렸다.

애초부터 전업주부가 되려고 회사를 그만둔 건 아니었다. 원래는 퇴사 후 대학원에 다녔었다. 박물관과 미술관에서 문화예술 교육 프로그램을 설계하고 싶어서 공부하고 있었다. 그러던 중 결혼을 하게 됐고, 아이를 낳으면서 자연스레 휴학했다. 아이를 3년만 키워 놓고 다시 내 일을 하겠다고 결심했지만, 계획했던 시간이 지났을 때 거짓말처럼 암 판정을 받았다. 문을 열고 밖으로 나가려 했던 나는 포기할 수밖에 없었다. 다시 대학원에 다니겠다는 계획도, 조그만 잡지사라도 들어가 경력을 살려 보겠다는 꿈도 모두 접었다. 굳게 닫힌 문 앞에서 좌절했다.

'이제 나는 평생 전업주부로만 살아야 하는 거 아닐까?'

나 같은 전업주부를 사회에서는 '경력 단절녀'라고 부른다. 전업주부로서의 시간은 경력이 될 수 없다는 뜻이다. 퇴사한 날에서 시간이 점점 멀어질수록 내 경력은 빛이 바랬다. 홈페이지에 회원가입을 하거나 카드를 만들 때, 직업란에 '주부'를 체크 하면서도 그게 왜 직업으로 분류되는지 의문이 들었다. 직업으로 인정도 안 해 줄 거면서. 경력도 아니라면서.

집안일은 하지 않으면 티가 나지만, 열심히 해도 별로 티가 안 난다. 어지른 방을 치우고, 더러워진 빨래를 빨고,

먹고 난 그릇을 닦는 '원상 복귀'를 위한 일. 그래서 집안 일은 항상 0에 수렴한다. 살림은 생산성이라는 단어와 어울리는 일이 아니니까. 이런 의미 없는 일, 누가 대신해도 그만인 일을 하면서 즐겁지 않았다.

반대로 육아는 부담이 너무 컸다. 아이는 모두 내 책임인 것만 같았다. 워킹맘은 일터에서 성과를 내지만 전업주부는 아이로 자신을 증명한다는 말이 듣기 싫었는데, 점점 내가 그러고 있다는 생각이 들었다. "엄마가 집에 있으면서 아무것도 안 한다."는 말이 듣기 싫어서 육아 책을 읽고, 블로그를 뒤지고, 논문까지 찾아보면서 정답을 찾으려 했다.

그때 책 『무지개 다리 너머』에서 '삶의 리듬'에 관한 부분을 읽었다. 늘 아이에게 다양한 체험을 하게 해 주고 새로운 자극을 줘야 한다고만 생각했는데, 이 책의 저자는 아이에게 가장 중요한 건 안정감이라고 강조했다. "매일의 리듬, 매주의 리듬, 매월의 리듬, 매년의 리듬을 제공하는 일이 아이들에게 소중한 선물이라는 걸 깨달아야 한다."는 것이다.

‘주부는 해도 그만 안 해도 그만인 집안일이나 하는 사람도 아니고, 내 가치를 아이로 증명하는 사람도 아니고, 삶의 리듬을 만드는 사람이었구나.’

그걸 깨닫고 나서야 엉망이 된 내 삶이 보였다. 덩달아 어느 장단에도 맞추지 못하는 아이도 보였다. 반복되는 일상이 지구의 자전과 공전처럼 규칙적으로 계속되도록 집 안의 질서를 조율해 나가는 것. 주부가 그런 중요한 역할을 하는 직업이라는 걸 그제서야 알았다.

나의 일상에 리듬이 필요했다. 반복되는 일상이 다람쥐 쳇바퀴 돌리는 것처럼 지루하게 느껴질 때, 어쩔 수 없다고 불평하며 반복을 이어 가는 대신 내가 직접 운용하기 시작했다. 올라타면 내릴 수 없는 쳇바퀴가 아니라 어느 정도 돌리다가 멈춰야만 음악을 들을 수 있는 오르골처럼 여기기로 했다. 끝도 없이 나를 소진하는 게 아니라 멈추는 지점을 마련했다. 그렇게 리듬이 생기자 반복해서 돌아가는 일상도 지겹게 느껴지지만은 않았다.

어떤 상황이 변화할 여지가 없을 때 우리는 문이 닫혔다고 한다. 문이 닫히면 세상과 단절되고, 문이 열려야만 새로운 세상이 펼쳐진다고 믿는다. 암에 걸렸을 때 나 역시 세상으로 나가는 문이 닫혔다고 생각했었다. 남들에게 그럴듯해 보이는 무엇이 되지 못하고, 생산성이 있는 일을 해내지 못한다는 사실에 좌절했다. 주부는 그저 집 안에 갇힌 사람이라고 불평했다. 그래서 문 밖으로 나갈 궁리만 했다. 문이 열려야만 새로운 세상이 펼쳐지는 줄 알았기 때문이다.

하지만 문이 열리고 안 열리고는 중요한 게 아니었다. 무엇이 되지 않아도 좋은, 남한테 증명해 보일 필요 없는 그대로의 나를 받아들이는 게 먼저였다. 내가 만족하면서 꾸려 가는 삶, 남 보기에 어떤 삶을 추구하는 게 아닌 단조롭지만 안정감 있는 삶을 받아들였다.

세상으로 나가는 문이 닫혀 좌절했지만, 돌이켜보면 그 안에서 보낸 시간들이 오히려 나에게 기회를 줬다. 나를 재정비할 수 있는 기회이자, 내 삶의 리듬을 다시 회복할 수 있는 기회였다. 이제는 안다. 리드미컬한 일상이 반복되어야 새로운 변주도 가능해진다는 것을.

느리지만 분명하게, 식물처럼

커다란 나무가 있는 집은 진짜 '내 집' 느낌이 난다. 기간을 정해서 빌려 쓰는 게 아닌, 이사 갈 날짜를 내가 정할 수 있는 온전한 내 집. '저 큰 나무를 이사 때마다 어떻게 옮기나?' 걱정하지 않아도 되는 집. 나무가 방바닥에 뿌리내리고 사는 것도 아닌데, 전셋집을 전전하면서 나는 꼭 내 집을 장만하면 나무를 키우겠다고 다짐했었다.

마침내 소중한 내 집을 계약하고 나서 식기세척기도, 김치냉장고도 아닌 집에서 키울 나무부터 알아봤다. 인터넷에서 '초보자가 키우기 쉬운 나무'를 찾아봤다. 금전수, 아레카야자, 고무나무, 해피트리 같은 익숙한 나무 사진이 검색됐다. 그중에 '고무나무'가 마음에 들었다. 이삿짐을 푼 다음 날, 당장 집 근처 화원에 갔다. 가장 예쁜 나무로 신중하게 골라 차 뒷좌석에 실었다. 산후조리원에서 아이를 데리고 올 때처럼 조심스레 집으로 돌아왔다.

고무나무 한 그루가 생겼을 뿐인데 금세 집안 공기가 달라진 것 같았다. 새로 산 식탁과도 찰떡같이 어울렸다. 고작 나무 한 그루가 '이제는 2년마다 이사 다니지 않아도 된다.'고 말해 주는 듯했다. 나무를 볼 때마다 마음이 편안했다.

다시 인터넷을 뒤져 '고무나무 잘 키우는 법'을 검색했다. 한 달에 물은 몇 번 줘야 하는지, 다른 주의사항은 없는지 공부했다. 정해진 때가 되면 꼬박꼬박 물을 줬고, 영양제도 꽂아 뒀다. 그런데 어찌 된 일인지 시간이 갈수록 고무나무의 초록빛이 흐려졌다. 이파리 뒤에는 까만 점도 보였다.

집들이 선물로 받은 스투키도 마찬가지였다. 누구나 손쉽게 키운다는 스투키가 피사의 사탑처럼 한쪽으로 기울었다. 손으로 만져 보니 흙에 닿은 부분이 물렁거리고 색도 누렇게 변해 있었다.

죽어 가는 고무나무와 스투키에게 해 줄 수 있는 게 없었다. 그때 동물보다 식물을 키우는 게 더 어렵다는 생각을 했다. 식물은 물이 부족해도, 더워도, 추워도 내색을 하지 않으니까. 묵묵히 내 손길을 기다리기만 하니까. 모두 내 책임인 것만 같아 볼 때마다 괴로웠다.

식물을 잘 키우는 엄마한테 도움을 청했다. 어린 시절, 집에 화초와 나무가 많아서 여름날 거실 한가운데 누워 있으면 온실에 들어온 기분이 들 정도였다. 엄마는 남이 키우다가 포기한 식물도 살려냈다. 특별히 거름을 주지 않아도 엄마의 손을 거치면 언제 시들었던 적이 있었나 싶게 푸르러졌다.

"물도 꼬박꼬박 주고, 햇볕 잘 드는 창가에 뒀는데 고무나무가 다 시들었어. 어떡하지?"

엄마의 비법은 간단했다.

"네가 물을 꼬박꼬박 주니까 그렇지. 며칠에 한 번 물 주기, 그런 거 하지 마. 그냥 가만히 들여다봐. 집마다 환경이 달라서 정해진 대로 물 주면 탈 나. 물을 너무 많이 주면 뿌리가 썩고, 물이 부족하면 잎이 마르거든. 그리고 원래 강한 햇볕은 안 좋아. 해가 뜨거워서 잎이 탈 수도 있어."

"아, 그것도 모르고……."

나는 정해진 매뉴얼만 따랐을 뿐, 정작 식물을 오래 들여다보지 않았다. 그래서 식물이 어떤 상태인지 제대로 파악하지 못했다. 스투키는 속이 썩고 있는 줄도 모르고 때가 되면 물을 잔뜩 주고, 고무나무는 잎이 타는 줄도 모르고 햇볕이 내리쬐는 창가에 뒀다. 안타까워하는 나에게 엄마가 한 방 날렸다.

"그냥 대충 키워. 뭘 나무 하나 키우면서 그렇게 안달복달해?"

전에도 엄마한테 비슷한 얘기를 들은 적이 있었다. 그땐 "넌 애 하나 키우면서 뭘 그렇게 안달복달하냐?"고 했었다.

안달복달한다는 말을 진짜 싫어하지만 인정할 수밖에 없었다. 나무 하나 키우면서도 이렇게 유난을 떠는데, 아이는 오죽했으랴. 나는 아이가 태어나고 나서 시중에 있는 육아서란 육아서는 닥치는 대로 읽었다. 잠잘 시간을 쪼개서 새벽 2시까지 육아 고수들의 블로그를 뒤졌다. 전문가들이 하라는 대로, 매뉴얼대로 했다.

그런데 이상했다. 다 맞는 말이고, 나는 분명히 이해가 되는데 우리 애한테는 적용이 안 됐다. 이래라저래라 하라는 대로 해 봐도 아이는 변화가 없는 것 같았다.

'이 시기에는 두 발을 모아 뛸 수 있다는데 왜 못 하지? 너무 집에만 데리고 있었나? 다른 애들보다 말도 너무 느린 것 같아. 내가 책을 더 읽어 줬어야 하는데.'

아이가 평균적인 속도에 맞게 자라지 못하는 건 모두 내 책임인 것 같았다. 그럴수록 더 육아서에 집착하며 정답을 찾았다.

하지만 암에 걸리고 나니 그런 열성은 불가능했다. 옆에서 친구처럼 놀아 주고, 매 순간 함께해 주는 '밀착형 육아'는 에너지 소모가 너무 많았다. 체력이 달려서 힘이 없었다. 자연스레 한 발짝 물러나 바라봐 주는 '관망형 육아'로 바뀌었다. 정답을 찾고 매뉴얼을 따르는 시간에 가만히 내 아이를 봤다. 뭘 좋아하고 뭘 어려워하는지, 어떨 때 울고 어떨 때 웃는지, 손 닿을 거리에서 관찰하는 시간이

늘었다.

'아이가 자라는 건 아이의 몫이다. 내가 주도할 수 없다. 나는 그저 아이가 원하는 걸 할 수 있도록 도울 뿐이다.'

아이의 속도를 믿고 지켜보니까 육아가 편해졌다. 애쓰지 않으니까 아이가 보였다. 아이 인생을 내가 책임지려 하지 않으니, 아이에 대한 죄책감도 점차 흐려졌다. 그렇게 여유가 생기고 나서야 성장을 멈춘 내가 보였다. 나도 엄마가 아닌 나 자체로 성장하고 싶었다. 그래서 이미 늦었다는 생각에 포기했던 것들을 하나씩 시작했다.

먼저 육아서 말고 내가 진짜 읽고 싶은 책을 읽었다. 아프고 나서 부쩍 몸과 마음의 치유에 관심이 많아져서 관련된 책을 찾아 읽었다. 더 깊이 공부하고 싶은 마음에 지난해에는 심신치유전공으로 대학원에 입학했다. 그리고 불가능하다고만 생각했던 책 쓰기도 시작할 수 있었다.

내 어깨만큼 오던 고무나무는 어느새 내 키만큼 자랐다. 최근에 언제 물을 줬는지는 정확히 기억이 나지 않는다. 다만 화장실을 가다가 이파리를 한번 보고, 청소기를 돌리다가 흙 색깔을 본다. 하루에도 몇 번씩 바라봐 준다.

이파리가 시들지 않았는지, 흙이 마르지 않았는지. 그렇게 매뉴얼 없이 키운다.

나무의 단면을 잘라서 얼마나 컸는지 나이테를 확인할 수는 없다. 억지로 잡아당긴다고 자라는 것도 아니다. 사람도 마찬가지다. 아이도 나도 나무처럼 성장하고 있다. 각자 제 속도에 맞게 자란다. 매뉴얼 없이, 느리지만 분명하게 식물처럼 자란다.

하마터면 열심히 살라고 할 뻔했다

신발이 또 작아졌다. 키에 비해 발이 더 빨리 크는 건지, 아이는 계절마다 새 운동화가 필요하다.

"네가 신데렐라였으면 왕자님한테 유리구두 불편하다고 다른 거 갖고 오라 했을 거야."

매장 다섯 군데를 돌아서 겨우 마음에 드는 신발을 찾은 '신데렐라' 양이 내 농담에 깔깔 웃었다. 나도 같이 웃고 말았다.

배가 고파 서둘러 집에 가려는데, 아이가 미간에 인상까지 쓰고 엘레베이터 옆에 붙은 노란 포스터를 쳐다봤다.

"엄마, 나도 이거 해 볼래!"

자세히 들여다보니 '어린이 그림대회' 포스터였다.

아이는 그림 그리는 것보다는 만들기를 좋아했다. 미술학원에 다녀 본 적도 없었다. 그런데 갑자기 그림대회에 나간다니, 말리고 싶었다. 혹시 대회에 나갔다가 떨어지기라도 하면 아이가 실망할 것 같았다. 결과에 상관없이 해보라고 할까, 아니면 더 연습하고 다음에 나가라고 할까, 말을 고르는 사이 아이는 이미 마음을 굳힌 듯했다.

집에 온 아이는 하얀 도화지를 앞에 두고 고민에 빠졌다. 그림대회의 주제는 '지구를 사랑하는 마음'으로 정해져 있었다. 설거지를 마치고 아이한테 가 보니, 도화지는 여전히 비어 있었다. 하지만 무언가 그렸다 지운 자국이 한두 개가 아니었다.

"고민돼?"

아이 어깨를 감싸며 물었다. 아이는 금방이라도 울 것 같았다.

"뭘 그릴지 생각이 안 나. 상 받고 싶은데……. 1등 하고 싶은데……."

상 받을 만한 멋진 작품을 그려야 한다는 압박에 아이

는 시작도 못 하고 있었다. 나는 아이 책상 옆에 앉았다. '지구' 하면 뭐가 생각나는지, 자연 속에서 즐거웠던 기억이 있는지 물었다.

"할아버지네 밭에서 토마토 따는 거 그릴래. 재우랑 준우도 같이. 할아버지랑 밭에서 같이 일했었던 거."

아이는 떠오르는 장면을 그리기 시작했다. 그런데 정작 1등을 하고 싶다면서 너무 대충하는 것 같았다. 꼼꼼하게 색칠하라고, 인물의 표정이 더 잘 드러나게 그리라고 잔소리하고 싶었다. 좀 더 열심히 하라고, 그렇게 해서 상 받겠냐고 하려다가 입을 꾹 다물었다. 아무 말도 안 하고 보고만 있으려니 괴로워서 결국 자리를 떴다.

내가 말을 아낀 건, 딸에게서 어릴 적 내 모습이 보였기 때문이다. 나 역시 뭘 하든 잘해서 상을 받고 싶고, 1등 하고 싶어 하는 욕심 많은 아이였다. 성인이 되어서도 마찬가지였다. 늘 목표를 세워 놓고 도달하지 못하면 좌절하고, 달성했을 때만 만족했다. 한마디로 KTX처럼 살았다. 창밖 풍경을 제대로 볼 수 없는 고속 열차처럼 목적지를 향해 빨리 달리기에만 급급했다. 그렇게 목적지에 도착하면 또 새로운 목표를 세워 다시 출발했다. 도착했다는 기쁨을 충분히 누리지도 못했다.

그림을 완성한 아이에게 산책 하러 나가자고 했다. 아이는 걸어 다니면서도 계속 "상 받고 싶다." "1등 하면 좋겠다."고 재잘거렸다. 아이 손을 이끌어 빵집에 갔다. 케이크를 고르는 나에게 아이는 무슨 날이냐고 물었다. 끝까지 비밀이라고 하고 집으로 돌아왔다. 잠시 후 퇴근한 남편과 함께 초에 불을 붙였다.

"오늘은 우리 율이가 태어나서 처음으로 그림대회에 도전한 날이야. 도전한 거 축하해."

남편과 나는 "도전 축하합니다~ 도전 축하합니다~" 노래를 부르며 크게 박수쳤다. 아이는 어리둥절하다가 이내 활짝 웃었다.

우리는 상을 받아야 축하를 받고, 상을 못 받으면 위로를 받는다. 수상을 해야만 노력을 인정받는 셈이다. 만약 어린 시절로 돌아간다면, 나에게 "열심히 해야 상을 받지!"라고 재촉하고 싶지 않다. 대신 결과보다 과정이 소중하다는 사실을 알려 주고 싶다.

아이가 도전한 걸 축하해 준 건, 상을 못 받게 되더라도 도전한 자신을 칭찬해 줄 수 있길 바라서였다. 그래야 다음에 또 도전할 힘이 생기고, 결과에 상관없이 과정 그 자체를 즐길 수 있을 테니까.

몇 달 뒤 아이의 영어학원 선생님과 상담할 기회가 있었다. 아이가 초등학교 2학년이 되어 다니기 시작했으니, 6개월째 다니고 있는 학원이었다. 30분 남짓 대화를 나누면서 가장 기억에 남는 건 "율이는 즐거운 일이 참 많은 어른이 될 것 같다."는 말이었다. 선생님은 마치 미래를 내다보는 사람처럼, 여러 번 그렇게 말했다. 뭐든지 순수하게 열정을 가지고 도전하는 아이의 모습을 보면 꼭 그렇게 될 것 같다고 강조했다.

즐거운 일이 많은 어른. 아이가 어떻게 자라길 바라느냐고 누군가 물으면 내 마음을 잘 표현할 수가 없어 답답했는데, 선생님 말씀처럼 아이가 즐거운 일이 많은 어른이 된다면 바랄 게 없겠다는 생각이 들었다.

나 역시 즐거운 일이 많은 어른이 되고 싶다. 암에 걸렸는데도 이만하면 다행이라고 스스로에게 억지 행복을 강요하고 싶진 않다. 건강하기만 하면 된다고, 내 삶의 다른 중요한 것들을 꾸깃꾸깃 접어 버리고 싶지도 않다. 대신 크고 작은 일에 도전하면서 결과가 어떻든 도전한 나를 응원하면서 살고 싶다.

슬픔이 행복의 통로가 될 때

집에서 5분 거리에 있는 어린이집에 갈 때면, 아이랑 늘 20분 일찍 나섰다. 곧장 갈 수 있는 길을 두고 아이가 빙 돌아 갔기 때문이다. 개미들이 어디로 가나 궁금하고, 꽃의 수술과 암술이 신기해서 아이는 한참 동안 들여다보곤 했다. 어서 가자고, 늦는다고 손을 잡았다가 포기하는 날이 많았다. 아이 손이 너무 작고 가늘어서, 꽉 쥐면 부러질 것 같아서. 아이가 네 살이던 2015년이었다.

아이는 한 해 지나 유치원에 다니게 되어서도 늘 지각이었다. 눈이 오는 날에는 발자국을 만들고, 그렇지 않은 날에는 잎이 다 떨어진 나무들을 응원하느라 많은 시간을 보냈다. 그날은 빨간 열매가 주렁주렁 달려 있는 산수유 나무 앞에서 발걸음을 떼지 못했다. 열매를 하나하나 쓰다듬는 아이를 더 이상 기다릴 수가 없어 물었다.

"나무한테 열매 하나만 달라고 하면 어때? 유치원에 들고 가자."

"안 돼. 열매는 아기라서 엄마 나무랑 같이 있어야 돼."

산수유 열매를 따뜻하게 해 줘야 한다고 하나하나 쓰다듬는 아이를 보고 있자니 애가 탔다. 또 지각이었다. 엄마 속도 모르고 아이는 나무 뒤쪽까지 가서 돌보기를 계속했다. 그러다 쪼글쪼글해진 열매 하나를 발견하고는 더 오랫동안 쓰다듬었다. 아이가 귓속말하듯 나무에게 가까이 다가가 속삭였다.

"얘는 몸이 아프니까 잘 보살펴 줘."

시들어 버린 열매를 잘 돌봐주라고 당부하는 아이를 보고 있으니 구겨졌던 내 미간이 펴졌다. 나는 유치원 가방을 고쳐 메고 아이 머리를 쓰다듬었다.

"우리 율이도 몸이 약하거나 불편한 친구 있으면 도와줄 수 있지?"

아이는 고개를 끄덕이며 "당연하지!" 하고 우렁차게 대답했다.

아이의 이런 모습을 볼 때면 아이가 생각이 깊다고, 성숙하다고 주변에서 칭찬을 했다. 하지만 나는 그런 아이가 종종 안쓰러웠다. 내가 항암치료를 받고 있다고 얘기했을 때, 아이의 친구 엄마가 했던 말이 기억에 남아서였다.

"어머, 율이가 그래서 어른스럽구나. 엄마가 아파서."

엄마가 아파서 그렇다니. 어른스럽다는 말이 심한 욕처럼 들렸다. 아이가 아이답게 크지 못했다는 말인 것 같아서 괴로웠다.

'아픈 엄마 때문에 아이가 눈치를 본다는 건가? 내가 아이 성격을 어둡게 만들었나?'

아이가 신경 쓸까 봐 나는 아픈 티를 안 내려고 나름대로 애 쓰고 있었다. 병원에 있을 때, 아이에게 영상통화가 걸려오면 일부러 활짝 웃었다. 항암제 부작용 때문에 속이 안 좋아도 아이 몰래 숨어서 토했다. 항암제를 맞은 다음 날 눈이 와서 눈썰매를 끌어 줬다가 밤새 끙끙 앓은 적도 있었다.

하지만 내가 아무리 숨겨도 아이는 다 알고 있었다. 알라딘 램프가 생기면 무슨 소원을 빌고 싶냐고 물었을 때, 아이는 망설임 없이 대답했다.

"나는 세 개 다 엄마가 건강하게 해 달라고 빌래!"

다섯 살짜리 중에 엄마가 건강하기만 바라는 애가 몇이나 될까.

'내가 아파서 그렇구나.'

아이가 밤에 깊이 못 자고 깨서 울 때, 자다가 이불에 오줌을 쌀 때, 엄마가 없으면 유독 불안해할 때, 시시때때로 내 탓을 했다. 아픈 엄마가 아니었다면 아이가 정서적으로 안정됐을 거라고 자책했다.

그 즈음 아이와 애니메이션 「인사이드 아웃」을 봤다. 이 영화에는 사람을 컨트롤 하는 다섯 가지 감정이 등장한다. 기쁨이, 슬픔이, 버럭이, 까칠이, 소심이가 머릿속에서 그때그때의 상황에 맞게 버튼을 누르며 기분을 표현한다.

기쁨이는 감정 컨트롤에서 주도적인 역할을 한다. 주인공인 라일리가 항상 웃을 수 있도록 노력한다. 그러기 위해 기쁨이는 슬픔이를 철저히 외면한다. 하지만 슬픔이가 제멋대로 버튼을 누르면서, 사소한 일에도 많이 웃던 라일리가 대수롭지 않은 일에도 눈물을 보이기 시작한다. 기쁨이는 좌절한다. 슬픔이 때문에 라일리가 불행해졌다고 여긴다.

여러 가지 사건들을 겪으며 기쁨이는 깨닫는다. 슬픈 감정을 느낄 때 라일리는 삶의 소중함을 배웠고, 감정이 깊어졌으며, 결국 더 큰 행복을 느꼈다는 걸. 비로소 슬픔의 가치를 알게 된 기쁨이는 라일리가 항상 기뻐야만 행복하다는 생각을 버린다.

영화를 보던 아이가 말했다.

"엄마 내 마음속에도 기쁨이, 슬픔이, 버럭이, 소심이, 까칠이가 다 있어."

나 역시 영화 속 기쁨이처럼 아이가 기뻐야만 행복하다고 생각했었다. 기쁨과 행복이 동의어인 줄 알았다. 아이를 웃게 해 주는 게 좋은 엄마라면, 반대인 나는 나쁜 엄마였다. 하지만 그런 죄책감은 나에게도, 아이에게도 아무런 도움이 되지 않았다.

영화가 끝나자 그날 들었던 말이 떠올랐다. 엄마가 아

프니까 아이가 어른스러워졌다는 말. 아이가 다 자란 어른처럼 군다, 그늘져 보인다, 눈치가 빤하다는 뜻으로 한 말이라 해도 어쩌겠는가. 마음속에 다섯가지 감정이 다 있다고 자랑하는 아이한테 일부러 크게 칭찬해 줬다. 다양한 감정이 잘 발달했기 때문에 남을 배려할 수 있는 거라고, 그건 아주 특별한 능력이라고 말이다.

암에 걸렸을 때, 나는 남들이 5분이면 갈 거리를 한참 동안 돌아서 가는 기분이었다. 하지만 조금 더디게 지나온 시간들이 쌓여서 슬픔을 외면하지 않고 받아들일 수 있게 됐다.

기쁨은 행복으로 가는 유일한 길이 아니었다. 슬픔 역시 행복으로 이어지는 또 다른 길이었으니까. 앞으로는 어느 길 위에서건 시들어 가는 모든 것들을 어루만지며 조금 더디게 가고 싶다.

죽음을 이야기하는 시간

하얀 거실 벽에 빔을 쏜다. 각자 간식거리를 품에 안고, 빈백에 앉는다. 우리 집은 순식간에 영화관이 된다. 문제는 깐깐한 관객 탓에 상영작을 고르는 게 쉽지 않다는 것. 아이는 전체관람가 영화를 모두 훑을 기세다.

다행히도 「시크릿 가든」이라는 제목이 눈에 들어왔다. 내가 초등학생 때 어린이 명작 극장에서 보던 「비밀의 화원」을 영화화한 것이었다. 아이에게 '강력 추천'하면서 영화를 재생시켰다.

내 기억 속 「비밀의 화원」은 이모부 댁에 맡겨진 고아 소녀가 아름다운 정원을 발견하게 되는 행복한 결말이었다. 물론 영화도 원작처럼 해피엔딩이었다. 우여곡절은 있었지만, 마침내 소녀는 꽃이 피고 개울이 흐르는 비밀의 정원에서 친구들과 즐거운 시간을 보내며 끝이 났다.

그런데 초등학생 때 눈여겨보지 않았던 소녀의 엄마가 마음에 걸렸다. 영화 속 소녀의 엄마는 죽은 언니를 그리워하며 하루하루를 눈물로 보낸다. 햇살이 부서지고, 하얀 새들이 날아오르는 정원 한쪽에서 홀로 고목처럼 시들어 간다. 엄마의 관심과 사랑이 필요한 소녀는 끊임없이 주변을 맴돈다. 하지만 우울증에 걸린 엄마는 그런 소녀가 버거울 뿐이다.

결국 엄마는 병에 걸려 죽지만, 소녀는 자기가 엄마를 미워해서 세상을 떠났다고 믿는다. 그리고 끊임없이 자신을 부정하고 자책하면서 죗값을 치른다.

영화 속 초점을 잃은 엄마의 눈빛에서 예전의 내가 보였다. 나 역시 항암치료를 할 때는 고목 같았다. 가만히 누워만 있어도 온몸이 아팠다. 마음은 슬펐다. 그런데 편히 아플 수가 없었다. 집에는 나 말고 돌봐야 할 사람이 있었다. 태어나서 세 번째 가을을 맞은, 세상 모든 게 재밌는 어린 아이가.

네 살짜리 꼬마는 배려심이 없었다. 자비심도 없었다. 엄마가 토하든 말든 자기가 배고프면 먹어야 하고, 엄마 눈이 감겨도 자기가 심심하면 놀아야 했다. 그때 내 소원은 단 하나였다.

'조용한 곳에 가서 자고 싶다.'

영화 「시크릿 가든」 속에 등장하는 소녀의 아빠, 엄마는 아이에게 정확한 상황을 설명해 주지 않는다. 아빠는 엄마가 많이 슬프다고만 하고, 아이가 다가가면 엄마한테 가지 말라고 말린다. 아픈 엄마 역시 아이를 밀어내기만 할 뿐이다.

나 역시 처음 암이라는 사실을 알고 나서는 영화 속 엄마처럼 아이에게 아프다는 말을 하지 않았다. 아이가 불안해할까 봐 태연한 척했다. 그러다 우연히 TV에서 한 개그우먼이 인터뷰하는 장면을 보게 됐다. 그녀도 암에 걸렸었는데, 아이들한테 숨기고 혼자 병원에 다녔다고 한다. 본인이 어렸을 적에 엄마가 많이 아파 돌아가셨는데, 그때 느꼈던 불안감을 아이들에게 전해 주고 싶지 않아서 내린 결정이었다고 했다.

암에 걸린 사실을 숨기느라 그녀는 많이 힘들고 외로웠다고 한다. 가족들에게 내색하지 않았지만 섭섭함도 생겼다. 하지만 나중에 사실을 알게 된 자녀들은 엄마의 배려에 고마워하지 않았다. 오히려 솔직하게 이야기해 주지 않아서 서운하다며, 엄마에게 아무런 힘이 되어 주지 못한 것을 안타까워했다. 엄마는 아이들에게 일부러 밝은 모습만 보여 주려 했지만, 결국 가족들끼리 서운한 감정만 남은 셈이다.

그날 이후로 내 건강 상태를 아이가 이해할 수 있는 수준에서 설명하기 시작했다.

"몸에 나쁜 병균이 많이 생겨서 엄마가 아파. 하지만 주사기로 튼튼한 병사들을 엄마 몸속에 넣어서 걔들이 병균들을 다 물리치고 있어. 율이도 저번에 감기 걸려서 병원 갔었지? 그래서 주사 맞았지? 엄마도 그런 거야."

"아, 그래서 엄마 저번에 병원 갔어? 엄마 율이랑 안 자고 병원에서 잤지?"

"맞아. 엄마는 병사가 많이 필요해서 몸속에 많이, 많이 넣어 주느라고 오래 걸려. 율이 엄마 없어도 밥도 잘 먹고, 잘 놀고, 할머니랑 잘 잤지?"

"응, 엄마랑 얼굴 보이는 전화했지."

"맞아. 율이가 엄마 병원 갔다 올 수 있게 많이 도와준 거야. 고마워."

"근데 나 엄마 안 도와주고 같이 병원 가서 자면 안 돼?"

아무리 눈높이에 맞춰 설명해 줘도 아이가 전부를 이해할 수는 없었다. 그래도 계속 반복해서 이야기했다. 아프면 아프다고, 힘들면 힘들다고. 그리고 엄마가 아픈 건 네 탓이 아니라고, 도와줘서 고맙다고 말했다.

아이는 엄마가 암에 걸렸다는 걸 심각하게 받아들이지 않았다. 항암치료가 끝나고 정기 검진을 할 때는 소풍 가는 것처럼 따라오곤 했다.

"엄마 용감하네. 주사도 잘 맞고."

예방접종을 할 때 내가 아이한테 했던 대로 흉내를 냈다. 그리고 의젓하게 손을 잡아 줬다.

"와~ 오늘은 손님이 많이 왔네! 장사가 잘 되나 봐."

채혈실에 버려진 일회용 주사기를 보고 아이가 큰 소리로 떠드는 바람에 대기하던 환자들이 함께 웃기도 했다.

이렇게 암을 감기쯤으로 여겼던 아이가 친구의 말을 듣고 사색이 된 적 있었다. 조부상을 당해서 며칠 유치원에 못 나왔던 친구가 "할아버지가 암으로 돌아가셨다."고 한 것이다.

"엄마, 엄마도 죽어? J네 할아버지가 암 걸려서 돌아가셨대. 엄마도 암 걸렸잖아."

엄마도 암이긴 하지만, 1기라서 괜찮다고 안심시키려다가 문득 그런 생각이 들었다. 암의 기수에 따라 죽음에 더 가까워지는 건 아니지 않나. 사람은 누구나 죽을 수 있다는 걸 설명해 주는 편이 더 낫겠다고 판단했다. 목소리를 가다듬고 긴 이야기를 시작했다.

"응, 엄마도 죽지. 근데 율이도 죽어. 세상에 안 죽는 사람은 없어."

웃으면서 '너도 죽는다.'고 말하는 엄마가 섬뜩했는지 아이는 손사래를 쳤다.

"나는 안 죽고 싶어. 엄마도 안 죽었으면 좋겠어. 나는 죽는 거 싫어."

"그런데 그럴 수가 없어. 누구나 다 죽어. 엄마가 비밀 하나 더 알려 줄까? 사람들은 자기가 언제 죽을지 아무도 몰라."

아이는 곧 울 것 같았다. 겁에 질린 아이를 안아 주면서 책장을 가리켰다.

"봐봐. 어떤 책은 엄청 두껍고, 어떤 책은 얇지? 율이가 좋아하는 이 그림책은 얇지만 재밌잖아. 그리고 저건 두껍지만 지겨운 책이고. 사람도 책과 마찬가지야. 짧게 살아도 행복하게 사는 사람이 있지만, 오래 살아도 불행하게 사는 사람도 있어. 물론 두껍고 재밌는 책이면 더 좋겠지만 말이야."

"나는 두껍고 재밌는 책 할래. 엄마도, 아빠도, 할아버지도, 할머니도, 우리 가족 다."

"그건 우리가 선택할 수 없어. 우리가 정할 수 있는 건 단 하나야. 오늘을 재밌게 사는 거. 매일 즐거운 이야기로 채우는 건 우리가 할 수 있어. 하지만 책 두께는 못 정해."

그날은 오래도록 아이와 함께 죽음에 대해 이야기했

다. 어린 애한테 무슨 그런 얘길하느냐고 비난할지도 모르겠다. 하지만 영화 「시크릿 가든」에 나오는 소녀의 엄마처럼 아이에게 모든 걸 비밀로 하며 시들어 갈 바에는 말해주고 싶다. 죽음은 무서운 게 아니라 당연한 거고, 죽음이 오기 전에 우리는 매일매일 행복하게 살아야 한다는 걸 말이다.

아이가 일곱살이 되던 해에 나는 항암치료를 마쳤다. 내 상태가 나아지는 만큼 아이도 커서, 손이 덜 가는 것만으로도 나에게는 큰 도움이 되었다. 아이한테 가끔 항암치료 받던 시절 이야기를 하면 제법 어른스러운 위로도 건넬 만큼 많이 자랐다.

하루는 아이가 설거지를 하겠다고 해서 아동용 고무장갑을 사다 줬다. 뽀득 소리가 날 정도로 꼼꼼히 해내는 모습이 기특했다. 폭풍 칭찬을 하자, 아이는 빙그레 웃으며 말했다.

"지금처럼 내가 많이 크고 나서 엄마가 아팠으면 좋았을 텐데. 그럼 내가 다 도와줬을 텐데. 그땐 애기라서 아무것도 못 도와줬잖아."

아직 어리고 순수한 아이에게 인생의 춥고 어두운 면을 굳이 알려 줄 필요가 있을까. 나 역시 고민했었다. 하지만 지나고 보니 아이 눈높이에 맞게 설명해 주길 잘했다는 생각이 든다. "햇빛이 비치는 것은 누구나 좋아하지만, 해만 계속 나면 사막이 된다."는 말이 떠오른다. 때론 먹구름이 끼고 비가 내려도, 영원히 비만 내리진 않을 것이다. 비가 그치고 나면 마른 들판에 싹이 트고 나무가 자라며 꽃이 필 거다. 비가 갠 아이의 마음도 그렇게 풍성해지길 바란다.

6부

살아가기

좋은 날만 계속되진 않더라도

우리는 봄에 핀 꽃을 보고 나서야 나무의 존재를 확인한다. 하지만 그 나무가 봄에만 이름이 있는 건 아니다. 꽃이 없는 겨울에도 벚나무로 거기에 살아 있다. 암환자도 그저 겨울이 지나고 봄이 올 때까지 꽃을 피울 준비를 하고 있을 뿐이다. 인생의 한겨울에, 그렇게 살아 있다.

부고를 읽는 아침

매일 아침 얼굴도 모르는 사람들의 장례식에 다녀온다. 오래 걸리지는 않는다. 우선 현관문을 열고 나동그라져 있는 신문을 곱게 받쳐 집으로 들인다. 아이가 밥을 먹을 동안 나는 그 옆에서 신문을 펼친다. 부스럭 부스럭 종이가 넘어갈 때마다 인쇄된 글자에서 익숙한 기름 냄새가 난다. 지루한 정치, 경제면은 대충 훑는다. 사회면도 빠르게 읽는다. 신문이 몇 장 남지 않은 곳에 부고가 있다. 나는 거기에 오래 머문다.

부고에는 사망자의 이름, 유족, 발인 날짜, 장례식장이 적혀 있다. 유명한 사람의 부고는 좀 더 특별하다. 사망 원인과 살아 있는 동안 남긴 업적까지 자세하게 기록되어 있다. 살아서 한 번도 만나지 못한 사람들을 신문에 적힌 정보만 가지고 상상해 본다. 그렇게 매일 아침 초대받지도 않은 장례식에 다녀온다.

부고를 읽는 습관이 생긴 건 내가 암에 걸리고 난 이후였다. 암에 걸리고 나서 내 마음은 꼭 젠가 게임(Jenga game)을 하는 것 같았다. 나무 조각으로 만든 탑이 쓰러져야 끝이 나는 게임처럼, 내 마음은 자주 요란한 소리를 내며 무너졌다. 그렇게 수십 번, 수백 번씩 무너진 마음을 추스르다가, 어느 순간 다시 쌓을 힘이 없어졌다. 꼬리에 꼬리를 물고 부정적인 생각이 머릿속을 채웠다. 불안하고 우울했다.

초등학생 때 우리 동네에는 '개조심'이라고 써 있는 집이 있었다. 친구네 집에 갈 때마다 그곳을 꼭 지나가야 했는데, 대문 너머에서 컹컹 거리는 소리만 들려도 다리가 후들거렸다. 커다란 개가 허연 이빨을 드러내고 침을 질질 흘리는 모습을 상상하면 아찔했다. 대문이 꼭 닫혀 있는데도 이상하게 그 앞을 지날 때 용기가 필요했다.

병원에 갈 때면 '개조심'이라고 써 있던 그 까만 대문집을 지나던 때처럼 두려웠다. 눈에 보이지 않지만 암이 내 몸 이곳 저곳을 물어뜯을까 봐 겁이 났다. '배에 혹이 다시 생긴 것 같은데, 어떡하지? 재발한 건가?' '목이 따끔거리는데 암이 전이된 건 아닐까?' 마음이 편치 않았다.

그럴 땐 책을 읽었다. 내가 나를 어쩌지 못해서, 어딘가에 나를 멈춰 줄 해답이 있을까 싶어서 책에 파묻혔다. 그중 『끌어안음』에 나온 틱낫한의 명상 모임에 대한 내용이 인상적이었다. 명상을 마무리하면서 첫 번째 호흡에 나는 죽을 것이다, 두 번째 호흡에 당신은 죽을 것이다, 세 번째 호흡에 그리고 우리는 이렇게 소중한 순간을 함께하고 있다를 생각하라는 것이다. 죽는다는 걸 잊지 않아야 이 순간을 소중하게 여길 수 있다는 메시지였다.

이 순간이 소중해야 불안하고 우울하지 않다. 몸은 현재에 사는데 마음이 미래에 살면 불안해진다. 반대로 마음이 과거에 사는 사람은 우울하다. 결국 내가 불안하고 우울한 건 현재에 살고 있지 않기 때문이라는 생각이 들었다.

“메멘토 모리(Memento mori), 죽음을 기억하라.”

어느 책 제목처럼 아침에 죽음을 생각하는 게 좋아서 부고를 읽는다. 죽는다는 사실을 자꾸 잊어서, 죽음을 기억하기 위해 아침마다 복습한다. 매일 눈뜨며 ‘오늘도 즐겁고 후회 없는 하루를 보내야지!’라고 다짐하거나 ‘오늘은 좋은 일만 가득했으면 좋겠다.’고 바라지 않는다. 대신 부고를 읽으며 죽음을 떠올린다.

“아침부터 재수 없게 왜 모르는 사람 부고를 읽고 있어!”

사는 게 재미 없다는 친구에게 부고를 읽어 보라고 했다가 이상한 사람 취급을 받았다. 아침을 상쾌하게 시작해도 모자랄 판에 남의 죽음을 일일이 들여다보고 있는 게 괴상하다는 거였다. 친구는 나를 염세주의자라고 놀렸다.

“우리 중학생 때 담임이 교실에 써 놓은 말 기억나? ‘우리가 헛되이 보낸 오늘은 어제 죽은 이가 그토록 바라던 내일이다.’ 그때는 그 말이 와닿지 않았거든. 어제 죽은 사람을 내가 알 게 뭐야. 그런데 암에 걸리고 나서 보니까, 죽음을 떠올리는 것보다 오늘 하루에 집중할 수 있는 더 좋은 방법은 없는 것 같아."

나는 그저 내일 아침에도 신문을 펼쳐 부고를 읽을 것이다. 죽음을 잊지 않기 위해서. 오늘을 살기 위해서.

혼자가 아니라는 것만으로도

신문을 펼치면 익숙한 사람들이 보인다. 기사 끝에 적힌 이름, 칼럼에 걸린 작은 사진에서 동기들과 선배들의 근황을 확인한다. 그 시절 음식 담당 기자였는데, 여전히 한 우물을 파는 선배는 체중이 많이 불어난 듯하다. 나에게 다정했던 직속 선배는 특파원이 되어 미국에서 소식을 전하고 있다. 동기들 역시 각자 전문 분야가 생겼다. 신입 시절 함께 버벅거리던 동기들이 기특하게 느껴진다.

그만둔 지 10년이 넘은 회사 사람들의 이름을 여전히 기억하는 건 이렇게 지면으로 만나는 덕분이다. 그들은 내가 어디에서 무얼 하는지 모르겠지만 나는 매일 아침 혼자서 인사한다.

선배의 이름을 부고란에서 본 건 그날이 처음이었다. 사진 속에서 웃고 있는 사람은 A선배였다. 같은 부서에서 일한 적도 없고 각별한 인연이 있는 것도 아니지만 동기들에게 좋은 선배라는 말을 들었던 기억이 난다. 얼굴조차 모르는 사람들의 부고만 보다가 신문에서 아는 사람의 죽음을 마주하니 기분이 먹먹했다.

며칠 뒤 친한 동기 K에게서 전화가 왔다. 회사 근황을 전해 듣다가 부고란에서 본 A선배가 떠올랐다. 동기에게 물었다. 어쩌다가 그리되셨냐고.

"너도 봤구나. 어, 그게……."

신나게 이야기를 나누던 동기가 부고 얘기에 잠시 머뭇거렸다. A선배가 혈액암으로 고생하셨다고, 결국엔 병이 악화되어 돌아가셨다는 말을 듣고 나서야 K가 대답을 망설인 이유를 알았다. 같은 병에 걸린 나를 배려하려고 말을 골랐던 것이 분명했다.

"너 C선배 알지? 그 선배도 혈액암으로 투병하고 계시거든. 괜찮아지셔서 복직하신 걸로 아는데, 이번 일로 충격이 크셨는지 다시 휴직하셨다더라."

"그래, 그렇겠다. 나도 A선배 얘기 들으니 남일 같지 않네."

같은 병에 걸려 함께 이겨 내고 있다고 믿었던 동료의 죽음은 아마 온 세상의 빛이 꺼지는 것 같은 절망일 것이다. 두 사람은 서로에게 그저 살아 있기만 해도 힘이 되는 존재였으리라.

얼마 전 아빠는 고향 친구 이야기를 꺼내셨다. 2년 전 동창 모임을 하는데, 친구가 어두운 낯빛으로 앉아 있었다고 한다. 아빠가 무슨 일인지 묻자 어렵게 꺼낸 말은 림프종에 걸렸다는 것이었다고. 친구들의 낮은 탄식과 침묵 속에 아빠는 이런 말을 했다고 한다.

"우리 딸이 몇 년 전에 너랑 똑같은 병에 걸렸었어. 나도 큰일 나는 줄 알았고 걱정 많이 했지. 쉽지 않은 시간이었지만 어쨌건 우리 딸 항암치료 잘 받고 이제 평상시처럼 잘 지내. 너무 걱정하지 마. 너도 잘 될 거야."

아빠의 말을 묵묵히 듣고만 있던 그 친구를 최근에 다시 만났는데, 아빠를 보자마자 고맙다고 두 손을 꼭 잡더

란다. 네가 그때 그렇게 말해 줘서 힘이 됐다고. 사실 암 선고를 받고 나는 이제 죽었다고 생각했는데, 네 딸이 잘 지낸다는 말에 용기가 났다고. 그래서 치료를 잘 받을 수 있었다고 말이다.

아빠의 친구분을 나는 한 번도 뵌 적이 없다. 손을 잡아 드린 적도, 위로의 말을 건낸 적도 없다. 하지만 그저 내가 같은 병에 걸려 치료를 받았고, 잘 지내고 있다는 말이 그분께는 환한 등불처럼 여겨졌던 것 같다.

항암치료를 받으면서 낯선 산을 혼자 헤매는 것 같은 기분이 들 때가 있었다. 이 산을 넘으면 뭐가 있는지, 내가 가는 길이 맞기는 한 건지 불안하기만 했다. 나침반도 지도도 없어서 주저앉아 울고 싶을 때, 이미 이 길을 걸어간 사람들의 발자국이 보였다. 고개를 들어 보니 멀리서 불빛도 반짝이고 있었다. 그래서 앞으로 걸어갈 수 있었다. 누군가 살아가는 흔적들이 나를 일으켜 줬다.

어릴 때 백혈병으로 고생했지만 수능 만점을 받은 청년, 갑상선암으로 목소리가 변했지만 노래를 포기하지 않은 가수, 비인두암을 치료하고 다시 건강해진 모습으로 연기를 시작한 배우를 볼 때, 나는 혼자가 아니었다. 그들은 나를 전혀 모르지만 나는 그 존재만으로도 위로가 됐다.

나도 그렇게 흔적을 남기고 싶었다. 나처럼 낯선 산을 헤매는 사람을 위해, 그러다 동료를 잃고 울고 있는 사람을 위해, 글로나마 곁에서 살아 있어 주고 싶었다.

산을 넘으면 그곳에 반드시 따뜻한 공간이 있을 거라고 누구도 장담할 수는 없다. 하지만 이 험한 산 속에 혼자가 아니라는 것만으로도 조금은 위안이 되지 않을까? 그래서 오늘도 쓴다. 당신과 같이 걸어가는 사람이 여기 있다고 조그만 불빛을 비춰 본다.

비가 오면 쉬었다 가야지

아이가 태어난 이후 나는 내 이름보다 '율이 엄마'로 더 많이 불렸다. 남들은 나더러 누구 엄마라고 하는데, 정작 나는 엄마 노릇을 제대로 하고 있는지 의문이었다. 아이를 보고 있으면 수학 시험지를 펼쳤을 때보다 더 막막했다. 죄다 커다란 별표를 쳐 놓고 넘어가고 싶었지만, 그마저도 허락되지 않는 게 아이를 키우는 일 같았다.

당시에는 '애착 육아'가 유행이었다. 전문가들은 하나같이 3년 동안 엄마가 아이를 끼고 키우면 평생 애착 형성은 걱정하지 않아도 된다고 했다. 워킹맘의 꿈은 고이 접고, 마늘과 쑥을 먹는 곰의 심정으로 3년을 버텼다. 아이의 세 번째 생일이 지나면 '누구의 엄마' 말고 새로운 타이틀을 찾겠다는 희망을 품고서.

드디어 아이가 태어난 지 3년째 되던 2015년의 여름날, 나는 동굴 밖으로 나왔다. 하지만 천국일 줄 알았던 그곳은 낭떠러지였다. 혈액암 진단을 받은 것이다. 인정하고 싶지 않았다. 거짓말 같았다. 암환자가 되려고 3년을 버티고 치열하게 육아에 매달린 건 아니었다.

'내가 암환자라고? 말도 안 돼!'

'나쁜 짓 하고 산 적도 없는데, 내가 왜?'

억울했다. 꼴랑 자식 하나 키우고 뭐 대단한 보상을 바랐던 건 아니지만, 그래도 이건 아니지. 암이라니, 너무 가혹한 벌이라고 생각했다. 우리나라 성인 세 명 중 한 명은 죽기 전에 한 번쯤 암을 경험한다는 통계가 있다. 그런데 이상하게도 내 친구 중에는 나만 암환자다. 내 머릿속에는 한동안 물음표가 계속 떠다녔다.

'왜 내가 암에 걸렸을까?'

계속 발병 원인에 집착했던 건 억울해서였을 것이다. 학창 시절 다 같이 떠들었는데, 선생님께서 "너 나와!" 하고 불러서 나만 혼내는 것 같았다. 젊다는 거 하나 믿고 나보다 막 사는 친구들도 많은데, 왜 담배도 안 피우고 술도 잘 안 마시는 내가 암이냐 말이다.

또 다른 이유는 다시 암에 걸리고 싶지 않아서였다. 원인을 밝혀내서 내 몸에 파고든 독초의 뿌리를 뽑고 싶었다. 엄마, 아빠를 붙잡고 물었다. 가족력이 있느냐고. 하지만 부모님은 고개를 저었다. 혈액암에 걸려 돌아가신 조상은 없다고 했다. 가족 중에 특별히 나 혼자만 발암 물질이 있는 환경에 노출된 것도 아니었다. 더 이상의 추적은 부질없게 느껴졌다.

한여름에도 혼자 눈구름을 띄우고 다니는 올라프처럼 계절이 바뀌어도 내 마음은 늘 겨울이었다. 햇살이 내리쬐던 그날도 추운 마음으로 카페에 혼자 앉아 있었다. 유리창 옆 테이블에 앉아 멍하니 도로에 지나다니는 차를 구경했다. 사람들도 어디론가 바쁘게 향하고 있었다.

카페에 앉은 지 10분 남짓 지났을까? 갑자기 마른하늘에서 빗방울이 떨어지기 시작했다. '비가 오나?' 하는 물음표가 '비 온다!'는 느낌표로 변함과 동시에 장대비가 내렸다. 그 모습을 보던 카페 안 손님들이 웅성거렸다.

"아, 우산 안 가져왔는데."

"어머, 어떡해……. 나 베란다 문 열고 왔는데. 비 다 들이치겠네."

비가 그치길 기다리던 손님 한 명이 어쩔 수 없다는 듯 손으로 머리를 가리고 뛰쳐나갔다. 횡단보도 앞 신호를 기다리는 그 사람의 뒷모습은 흠뻑 젖어 있었다. 나는 고민했다. 아이를 데리러 길 건너 상가로 가야 하는데, 비에 홀딱 젖은 채로 아이를 데리러 가야 하나? 집에 돌아올 때 아이랑 같이 비를 맞아야 할 텐데 감기라도 걸리면 어떡하지? 아니 그냥 지금 집에 가서 옷 갈아입고 우산을 챙겨 나올까?

'아이 참, 하필 왜 지금 비가 오는 거야?'

결국 하늘을 원망했다. 조금만 일찍 빗방울이 떨어졌어도 집에서 우산을 챙겨 나왔을 것이다. 아니면 아이를 데리고 집에 간 다음 비가 왔다면 더 좋지 않은가. 하필 지금, 내가 우산 없이 밖에 나온 이 순간 장대비가 쏟아지다니. 난 참 재수도 더럽게 없다고 신세를 한탄했다.

이러지도 저러지도 못하는 사이, 아이를 학원에 데리러 갈 시간에 가까워졌다. 그런데 비를 맞고 뛰어가겠다고 결심한 순간, 비가 잦아들기 시작했다. 내가 카페 문을 나설 때는 비가 한 방울도 오지 않았다. 그렇게 비가 쏟아졌다는 게 거짓말처럼 느껴질 정도였다.

아까 비에 젖은 사람이 서 있던 그 신호등 앞에 나도 섰다. 불과 30분 후, 하나도 젖지 않은 채로 말이다. 나는 비가 내리기 시작해서 지금까지 하늘을 원망하고, 신세를 한탄했으며, 온갖 경우의 수를 떠올리느라 커피를 반밖에 마시지 못했다.

신호가 바뀌길 기다리는 동안 횡단보도에 비가 내린 흔적을 바라봤다. 이 상황이 암에 걸린 것과 다르지 않다고 생각했다. 하늘을 원망하고 신세를 한탄해 봤자 해결될 건 아무것도 없다. 그저 그 시간이 지나가길 기다리면 된다. 비가 오면, 카페에서 비를 피했던 것처럼 잠시 비가 지나가는 걸 바라보면 된다. 그렇게 생각하니 암에 걸린 게 화낼 일도, 억울할 일도 아니었다. 하늘을 원망하면서 내가 얼마나 재수가 없는지 곱씹어 봤자 암이 낫는 것도 아니고, 없었던 일이 되는 것도 아니니까.

지금 비가 그쳤다고 해서 영원히 맑은 날만 계속 되진 않을 것이다. 언젠가 또 비가 내릴 거라는 걸 안다. 그땐, 오롯이 비를 맞고 서서 하늘을 원망하지는 않을 것이다. 대신 조용한 카페에 들어가 따뜻한 차 한잔 마시며 잠시 쉬었다 가야겠다. 비가 그치길 기다리면서.

어디에 도착하려고 애쓸 필요가 없다

여름 휴가는 고민할 것 없이 강원도로 간다. 바다가 있는 강릉도 좋고, 먹거리 풍부한 속초도 좋지만, 우리 가족이 제일 좋아하는 곳은 평창이다. 특별한 건 없다. 2박 3일 동안 리조트에서 수영을 하고 월정사에 가는 코스가 전부다. 늦게까지 이불 속에서 꼼지락거리고, 유명한 맛집도 찾지 않는다. 최대한 여유를 즐긴다. 그런 단순함이 우리를 쉬게 한다.

아이는 오직 물놀이밖에 관심이 없다. 그해 여름에도 줄곧 수영만 하겠다는 아이를 달래 겨우 월정사로 향했다. 아무리 다른 지역보다 시원한 강원도라도 한여름에는 더웠다. 남편과 나는 아이 손을 양쪽에 잡고 그늘로만 골라서 걸었다. 그래도 아이는 금방 지쳤다.

아이를 끌다시피 하며 겨우 발걸음을 옮기는데, 작은 다람쥐들이 숲에서 튀어나왔다. 손끝에 닿을 듯 다가왔다가 사라지는 다람쥐들과의 숨바꼭질에 아이는 더위를 잊고 걷기 시작했다. 나도 그제야 숲을 둘러볼 여유가 생겼다. 그때 전나무에 묶어 놓은 작은 표지판이 눈에 띄었다.

"어디에 도착하려고 애쓸 필요가 없다."

아이는 얼마 걷지도 않았는데, "엄마 절에 언제 도착해?" "엄마 아직도 멀었어?" 하면서 계속 보챘었다. 나는 "아직 조금 더 가야 해." "절에 도착하면 음료수 사 줄게." 하면서 아이를 달랬었다. 덥고 지치는 시간이었다. 하지만 다람쥐가 나타나자 숲길이 놀이터가 됐다. 못 걷겠다고 징징거리던 아이가 다람쥐를 따라가느라 내가 같이 가자고 해도 멈추지 않고 달리기 시작했으니까.

우리 가족이 즐거워진 건 날씨가 시원해져서도 아니고, 자동차를 타고 가서도 아니고, 절에 도착해서도 아니었다. 그저 그 숲길 자체를 즐길 수 있게 되자 더위를 잊을 수 있었다. 목적지에 가야 한다는 생각을 하지 않게 되자 즐거워졌다. 어디에 도착하려고 애쓰지 않았을 때 느낄 수 있는 행복이었다.

"결국 이렇게 될 건데, 그동안 왜 그렇게 열심히 살았지?"

암에 걸리고 나서 억울한 적이 많았다. 벌 받았다고 생각해서 그랬다. 이렇게 고통스럽고 불안한 삶에 왜 내가 주인공인지. 나는 다른 사람한테 피해를 준 적도 없고, 열심히 살았는데. 그럼 좋은 일만 생겨야 하는 거 아닌가? 본전 생각이 났던 게 사실이다.

빨리 낫고 싶었다. 빨리 나아서 책을 써야지. 빨리 나아서 머리도 염색하고, 파마도 하고 더 예뻐져야지. 빨리 낫기만 하면, 빨리 다 낫기만 하면. 그렇게 "엄마 언제 도착해?"라고 보채는 아이처럼 나를 보챘다. 다 낫기만 하면 내가 행복해질 줄 알았다.

하지만 완치 판정 이후로 미뤄 뒀던 행복은 그때가 되어서도 찾을 수 없었다. 완치라는 말은 그저 치료를 한 뒤 암이 육안으로 확인되지 않는다는 말이지 다시는 암에 걸리지 않고 평균 수명 이상 오래오래 건강하게 산다는 뜻은 아니기 때문이다. 담당 선생님께서 몸속에 암세포가 없어졌다고 하는데도 마냥 웃지 못하게 되자, "어디에 도착하려고 애쓸 필요가 없다."는 말이 뇌리를 스쳤다.

그렇다. 목적지가 없는 사람은 언제, 어디서든 행복하다. 하지만 목적지가 있는 사람은 어디에 도달했다고 해서 행복해지지 않는다. 어디에 도착해야만 행복해질 사람이었다면 애초에 불행했을 리도 없으니까.

대학원에서 상담 수업을 들을 때였다. 한 학기 동안 이론 수업을 정리하면서 마지막에 여섯 시간 동안 상담 실습을 했다. 교수님께서 각자 닉네임을 정해서 실습 시간 동안 불러 보자고 하셨다. 한 명 한 명 닉네임과 그 뜻을 설명했다. 내 차례가 됐다. 나는 마음에 드는 닉네임이 떠올라서 거침없이 설명하기 시작했다.

"저는 몇 년 전까지 항암치료를 받던 암환자였습니다. 그때는 사막 한가운데 서 있는 기분이었어요. 바다에 가고 싶은데, 나는 왜 사막에 와 있나. 바다는 도대체 어디 있는 거지? 나는 참 불행하다고 생각하면서 주저앉아 울고만 있었어요. 그런데 모든 과정이 지나고 나서 깨달았어요. 제가 벌떡 일어나 뒤를 돌아보기만 하면 된다는 걸. 그곳은 이미 바다였다는 걸. 저는 어디에 도착하려고 애쓸 필요가 없었던 거예요. 모래사장만 보고 사막이라고 울고 있었는데, 눈물을 멈추니까 제 뒤에서 파도 치는 소리가 들리네요. 그래서 저의 닉네임은 '바다'로 하겠습니다."

암투병을 그만두겠습니다

산책하기 좋은 날씨였다. 얇은 셔츠 하나만 입고 나가도 되는 포근한 날. 다시는 겨울이 오지 않을 것처럼, 추위의 흔적이 완전히 사라진 봄이었다. 태어나서 지금까지 단 한 번도 겨울이 끝나고 봄이 오지 않은 적이 없는데, 봄만 되면 처음 계절을 맞는 사람처럼 흥분된다. 꽃이 만개하면 마음은 더 바빠진다. 언제 여기 있었냐는 듯 홀연히 사라져 버릴 걸 알기 때문이다.

지나가는 봄이 아쉬워서 아이 손을 잡고 꽃구경에 나섰다. 아파트 사이에 흐르는 개천을 따라 걸었다.

"엄마, 이 꽃은 이름이 뭐야?"

나 역시 자주 봤지만 이름은 모르는 꽃들이었다.

"음…… 그냥 들꽃이야."

"에이~ 이름도 없어? 다 들꽃이라고 해? 전부 다르게 생겼잖아."

나는 '들꽃'이라는 말을 곱씹어 봤다. 각자의 이름이 있고, 저마다 아름다운 색깔과 모양을 지닌 꽃들을 그냥 들꽃이라 부르는 게 얼마나 무신경한 일인가. 긴 겨울을 꿋꿋이 버티고, 햇볕과 비를 담뿍 받아 이내 자기 몸을 터뜨리는 꽃들. 그 숭고한 노력을 안다면, 그냥 들꽃이라고 부르는 건 예의가 아니다.

암환자도 들꽃과 같다. 사람들은 각자의 인생이 있는 그들을 암에 걸렸다는 이유만으로 모두 '암환자'로 싸잡아 부른다. 그래서일까? 내가 혈액암에 걸렸다고 말했을 때, 가장 많이 들었던 말은 암환자 같지 않다는 거였다. 어디선가 지령이라도 받고 온 요원들처럼 반응이 한결 같았다. 첫째, 할 말을 잃은 것처럼 입을 가린다. 둘째, 눈을 동그랗게 뜬다. 셋째, "암환자 같지 않아요."라고 말한다.

왜 이렇게 멀쩡해 보이냐, 안 아픈 것 같다는 말을 들을 수록 의문이 생겼다. 건강해 보인다는 뜻으로 건넨 말이겠지만, 한편으로는 암환자에 대한 선입견이 느껴졌다. 도대체 암환자라고 하면 어떤 모습을 상상하길래 모두 짠 것처럼 그런 말을 하는 걸까?

드라마나 영화에서는 비극적인 감정을 최대한 끌어올리기 위해 암을 이용한다. 하얀 털모자를 눌러쓰고 환자복을 입은 채 멍하니 창밖만 바라보는 주인공이 등장하는 순간, 극은 새드 앤딩으로 치닫는다. 행복하게 지내던 사람이 가장 빠르게 비참하고, 불쌍해지는 방법이 암환자가 되는 거라고 알려 주는 듯하다.

"어떤 사고로 인해 네가 더 일찍 죽을 수도 있으니까, 너와 내가 가진 시간의 가치는 같아."

영화 「너의 췌장을 먹고 싶어」에서 췌장암 말기인 주인공 소녀가 이런 말을 한다. 주위 사람들이 '시한부 인생'이라며 동정하는 게 싫어서다. 저승사자가 하는 말처럼 섬뜩하게 들리겠지만 사실이다. 누가 먼저 죽을지 알 수 없는 게 인생이니까.

시한부는 말 그대로 시간이 정해진 삶이라는 뜻이다.

사람은 언제 죽을지 모르지만, 결국엔 죽으니까 모두 시한부 인생인 셈이다. 그러니 암환자만 특별히 죽어 가는 사람 취급할 필요가 없다.

암환자임을 밝히는 것을 '암밍아웃'이라고 하는 이유도 사람들의 이런 시선이 불편하기 때문이다. 나도 암밍아웃을 할 때면 상대방을 배려해 최대한 밝은 표정으로 "항암치료를 하고 있다."고 말했다. 하지만 분위기는 더 이상해졌다. 사람들은 마치 녹아내리는 초를 보듯 나를 봤다. 환하게 밝히고 있지만 언젠가 소멸되고 마는 존재처럼 가여워했다.

어느 날 TV에서 '암을 이겨 내고 돌아온' 한 배우를 보았다. 그는 암에 걸려 한동안 방송 활동을 하지 못했다. 역삼각형 어깨에 큰 키, 근육질 몸매로 건강한 이십 대 남자의 상징처럼 보였던 그가 암이라니. 다들 놀라워했었다. 예정되어 있던 영화 촬영 스케줄까지 포기하고 회복에 전념했던 그는 전보다 살이 빠졌지만 혈색은 좋아 보였다. 소식을 전하던 리포터는 그가 "암을 이겨 냈다."고 여러 번 강조했다.

암을 이기고 온 배우가 다시 암에 걸리면 암에 진 사람이 되는 걸까? 암은 이기고 지는 대상이 아니다. 그저 누구나 걸릴 수 있는 병일 뿐이다. 그러니 암환자라고 해서 더 비장한 마음으로 살아야 할 이유도 없다.

암을 이겨 냈다는 말을 다시 한번 생각해 본다. 암투병, 암과의 전쟁 같은 말도 함께. 투병(鬪病)이란 병과 싸운다는 뜻이다. 싸움은 결국 어느 한쪽이 이기고, 한쪽이 지는 게임 아닌가? 투병이라고 하면 치열하게 싸우고 상처 입는 것이 환자의 숙명이라는 의미처럼 느껴진다. 암과의 전쟁도 마찬가지다. 결국 누군가 다치고 죽는 결말일 게 뻔하다. 그러니 아픔과 싸우는 게 아니라 치유해야 한다. 아픔을 다독이며 살아야 한다.

같은 의미에서 암투병 끝에 세상을 떠났다는 말도 그만했으면 좋겠다. 만약 내가 세상을 떠나는 날, 누군가 '혈액암 투병 끝에 사망'이라고 쓴다면 적극적으로 말리고 싶다. 내 삶의 기쁨, 즐거움, 온전한 의미는 모두 사라지고, 그저 환자로서 겪은 고통만 남게 될 것 같아서 서글프다. 누구든 '암투병 끝에 사망'이라고 하는 순간, 암이라는 적에게 패배한 사람으로 남는 거니까.

인생의 결말은 모두 같다. 누구나 공평하게 죽는다. 죽음은 인생의 실패가 아니다. 그러니 각자 살아온 인생에만 주목하면 된다. 어떤 병이 그 사람을 죽음에 이르게 했는지 알리는 것보다 죽기 전까지 어떻게 살았는지에 대한 회고를 고인은 더 원할 것이다.

암환자는 투병하지 않는다. 그저 겨울이 지나고 봄이 올 때까지 꽃을 피울 준비를 하고 있을 뿐이다. "이 나무는 목련이었구나." "여기 벚나무가 있었구나." 우리는 봄에 핀 꽃을 보고 나서야 나무의 존재를 확인한다. 하지만 그 나무가 봄에만 이름이 있는 건 아니다. 꽃이 없는 겨울에도 목련으로, 벚나무로 거기에 살아 있다. 인생의 한겨울에, 암환자도 그렇게 살아 있다.

행복은 지금 여기에

한 해가 끝나갈 무렵, 남편이 가입한 협회에서 달력을 보내왔다. 탁상 달력이긴 한데 어쩐지 모양이 낯설었다. 가만 보니 한 페이지가 두 쪽으로 나눠져 있었다. 왼쪽은 1월, 오른쪽은 2월이라고 적혀 있는 달력을 각각 넘겨 보니 다시 왼쪽은 2월, 오른쪽은 3월이라고 써 있었다. 한 번에 두 달을 볼 수 있게 구성되어 있는 달력이었다.

아이는 박수를 짝짝 치며 '발명품'이라고 했다. 내가 보기에도 신기하고 편리했다. 항상 아이 학원비 내는 날을 확인하려고 지난달 달력으로 넘겨야 했고, 다음 달에 표시해 놓은 시부모님 음력 생일을 잊지는 않았나 여러 번 확인했었다. 두 달을 한 번에 볼 수 있으면 이런 수고를 할 필요가 없었다. 이 발명품은 거실에서 가장 잘 보이는 자리를 차지했다. 하지만 쓰다 보니 '두 달 달력'에도 단점이 있었다. 두배로 늘어난 숫자 탓에 정작 오늘이 며칠인지 헷갈렸다.

'두 달 달력'을 보다가 어릴 적 시골 할머니네서 봤던 물건이 떠올랐다. 매일 아침마다 한 장씩 뜯어야 하는 A4용지 크기의 달력인데, 한지처럼 비치는 종이에 1월 1일부터 12월 31일까지 매일의 날짜가 커다랗게 적혀 있었다. 평일은 검정색, 토요일은 파란색, 일요일은 빨간색으로 요일도 구분되어 있었다.

할머니는 매일 아침 일어나 참빗으로 머리를 빗고, 긴 머리를 뱀처럼 말아서 은색 비녀를 꽂으셨다. 그리고 달력을 한 장 찢는 걸로 하루를 시작하셨다. 마치 달력을 찢지 않으면 새날이 오지 않는 것처럼. 그렇게 어제를 버리고 오늘을 맞이하는 의식을 치르셨다.

"할머니, 제가 하면 안 돼요?"

서울에서 온 우리 사 남매는 그 달력을 몹시 찢고 싶어했다. 할머니가 먼저 찢기 전에 달려들어서 몸싸움까지 하는 우리를 보고 다른 사촌들은 '와 저러노?' 하는 표정이었다. 서울에는 분명히 없었다. 우리 집에서도, 친구네 집에서도, 학교에서도 그런 달력을 본 적이 없었다. 사촌들은 종이 한 장 찢겠다고 싸우는 우리를 더 신기해했다.

그런 달력을 일력(日曆)이라고 부른다는 걸 중학생쯤 되어서 알았다. 설날에 가서 본 일력은 전화번호부만큼이나 두꺼웠는데, 추석에 가면 어느새 수학 문제집만 하게 줄어들어 있었다. 사춘기 소녀가 된 나는 더 이상 종이 한 장 찢겠다고 달려들지 않았다. 다만 얄팍해져 가는 일력을 볼 때마다, 사라진 어제들이 서글프고 조금밖에 남지 않은 내일들이 아쉬웠다.

두 달 달력을 보며 아이에게 어린 시절 이야기를 들려줬다.

"예전에 엄마가 율이만 했을 때는 할머니 집에 특이한 달력이 있었어. 달력이 아니고 일력이라고 부르는 건데, 오늘 날짜만 크게 적혀 있는 거야. 그땐 왜 그런 게 필요한가 궁금했거든? 근데 이 달력을 써 보니까 알겠어.

두 달이 함께 있으니 여러 날 속에 파묻혀서 오늘을 찾기가 더 불편하네. 일정을 계획하기는 편하지만, 이렇게 다가올 날들만 챙기는 게 과연 좋은 건가 싶어. 옛날 어른들은 오늘 하루를 알차게 보내고 싶어서 일력을 쓴 게 아니었을까?"

그 시절 할머니는 어제 날짜가 적힌 종이를 거칠게 찢어 내고, 그마저도 손으로 구겨 휴지통에 처박아 버리셨다. 그리고 오늘만 중요하다는 듯 반듯하게 걸어 놓으셨다. 어제는 지나간 시간이니 미련을 갖지 말라는 듯. 내일 일은 내일 걱정하라는 듯.

암에 걸린 후 나는 오늘에 집중하며 사는 게 어려웠다. '그때 내가 몸을 잘 돌봤으면 아프지 않았을까?' 생각하면서 과거에 살다가, '다시 암에 걸려서 이 지긋지긋한 치료를 또 해야 한다면 나는 그냥 죽어 버릴래.' 하면서 미래에 살았다. 바꿀 수 없는 과거를 후회하고 일어나지도 않은 미래의 불행을 가불받아서 실컷 과소비하곤 했다.

내 마음 한가운데 일력을 걸어 놓고 오늘만 살아가고 싶었다. 마음이 과거나 미래로 시간여행을 떠나려 하면 재빨리 현재 벌어지고 있는 일에 집중하려 했다. 하지만 내 마음을 여기에 억지로 끌어 앉힐 수는 없었다.

방법을 찾고 싶어서 명상에 관련된 책을 읽다가 '내 몸도 내 마음도 내 뜻대로 할 수 없고, 오직 내가 조절할 수 있는 것은 호흡뿐'이라는 내용이 눈에 들어왔다. 고개가 저절로 끄덕여졌다.

책을 덮고 침대에 앉아 그냥 숨을 들이쉬고 내쉬었다. 공기가 내 코로 들어와 가슴, 배, 팔, 다리를 누비고 다니다가 다시 코로 나갔다. 들어온 길로 다시 나가는 숨을 말없이 느껴 보았다. 그렇게 드나드는 숨을 온전히 느끼는 순간만큼은 별다른 생각이 나지 않았다. 그 뒤로도 마음이 떠다니면 바로 호흡을 했다. 신기하게도 숨을 쉬는 단순한 행위를 반복했는데, 내 숨이 "너 이렇게 잘 살아 있어."라고 확인시켜 주는 기분이었다.

가슴이 꽉 막힐 때는 일부러 한숨을 쉰다. 갈비뼈가 부채처럼 쫙 펼쳐질 때까지 들이마시고, 어깨가 들썩들썩할 때까지 내쉰다. 그래도 답답하면 허브 캔디를 하나 물고 입을 꼭 다문 채 숨을 쌕쌕거린다. 순식간에 코끝부터 폐까지 시원해지는 기분이 든다.

지금 벌어지는 일들에 집중하면 마음이 여기에 좀 더 오래 머문다. 원두를 갈고 드립 커피를 내리면서 커피가 숨 쉬는 모습을 본다. 뜨거운 물을 조금씩 붓고 기다리고, 다시 붓고 기다리는 과정을 반복하면서 '커피빵'이 부풀어 올랐다가 꺼지는 걸 바라본다. 그렇게 내린 커피 한 모금을 입에 머금고 다시 코로 숨을 크게 들이쉬면 온몸이 향긋해진다.

무엇보다 빠르게 지금 이 순간의 행복을 확인하는 건 아이를 끌어안는 거다. 아이를 꼭 안고 정수리에 코를 박는다. 아이한테서만 나는 쿠키처럼 고소한 냄새를 맡으며 나보다 조금 빠르게 뛰는 아이의 심장박동을 느껴 본다.

'살아 있구나.'

그 순간 아이가 살아 있고, 내가 살아 있고, 우리가 그저 살아 있어서 다행이라는 생각이 든다. 나는 빠져나가려고 버둥거리는 아이를 달래서 말랑하고 따뜻한 숨결을 조금 더 느껴 본다. 지금 누리는 행복이 멀리 달아나지 않게 붙잡아 본다.

에필로그

아파트 사이로 드러난 조그만 하늘에 하얀 달이 걸려있다. 아이는 깜짝 놀라서 달을 가리킨다.

“엄마, 밤도 아닌데 왜 달이 떴지? 달님이 이상하다.”

아이는 탐정이 됐다. 달님이 시계를 잘못 본 걸까? 아니면 급한 사정이 있었던 걸까? 낮잠을 자다가 정신이 없었나? 목이 아프도록 하늘을 바라보면서 답을 찾았다.

어느덧 열 살이 된 아이는 낮에 뜬 달을 봐도 놀라지 않는다. 달의 비밀을 알게 됐기 때문이다. 달은 시간에 맞춰 뜨고 지는 게 아니라 언제나 거기에 있었다는 걸, 주변이 어두워져야만 노란빛을 낸다는 걸, 아이는 이제 알고 있다.

서른두 살, 내 몸에 생긴 암 덩어리는 낮에 뜬 달 같았다. 분명히 젊고 건강했는데 갑자기 왜 암이 생긴 것인지 이해할 수 없었다. 내가 모르는 유전적인 원인이 있었나? 스트레스를 너무 많이 받았나? 어떤 음식이 몸에 안 좋았던 걸까? 이유를 몰라 답답했다. 그러다가 울기도 했다.

막상 비밀을 알게 됐을 땐 좀 허무했다. 젊은 내가 암에 걸린 건 이상한 게 아니었다. 그저 사람이니까 당연히 아플 수 있는 거였다. 누구나 언제든 죽을 수 있는 거였다. 그걸 받아들이는 데 너무 오랜 시간이 걸렸다.

사람들은 다행과 불행, 일반인과 환자, 삶과 죽음 그런 것들 사이에 선을 그어서 분류한다. 조금만 잘못 디디면 사람들이 그어 놓은 선 밖으로 나가게 되고, 그곳은 안전하지 않다는 생각에 불안했다. 문득 그런 생각이 들었다. 선을 없애버리면 어떨까? 애초에 선이 없으면 내가 밖으로 벗어날 거라는 불안조차 존재하지 않을 테니까.

어쩌면 나는 항상 다행과 불행, 일반인과 환자, 삶과 죽음 그 사이에 있었는지도 모른다. 다행이지도 불행이지도 않은 암을 겪었고, 아프지만 아프기만 한 건 아니었고, 죽어 가는 중이 아니라 살아가고 있을 뿐이니까.

이 글들은 내 마음속의 선을 지워 가는 과정에 대한 기록이다. 사실 글을 쓰다가 그 시절이 떠올라서 자주 울었다. 괜찮아진 줄 알았는데, 눈물이 뚝뚝 떨어져서 당황한 게 한두 번이 아니었다. 책을 다 쓰고 나서야 비로소 울지 않게 됐다. 그렇게 '암환자'가 아닌 나로 살아갈 수 있게 됐다.

마음이 차게 식어서 글쓰기를 포기하려고 할 때마다 끊임없이 온기를 불어 넣어 준 남편에게 고맙다. 남편은 나랑 전혀 다른 꽃을 피우는 사람이다. 뿌리는 같은데 신기하게도 그렇다. 그게 참 이상했지만, 이제는 서로 다른 꽃을 구경하는 재미가 있다.

섭섭할 때도 있었다. 사랑은 같은 곳을 바라보는 거라고 하던데, 바쁜 남편은 늘 나와 등을 맞대고 서 있는 것만 같았다. 하지만 지나 보니 그는 항상 내 뒤를 책임져 주고 있었다. 덕분에 두려워하지 않고 앞만 보고 갈 수 있었다.

딸 율이에게 사랑한다는 말을 몇 번 해도 부족할 것 같다. 한창 어리광 부릴 나이에 어른들의 규칙을 배우느라 급히 커버린 건 아닌지 안쓰러운 마음이다. 그래도 "엄마가 아파서 미안하다."고 말하진 않았다. 넘어지면 좀 쉬었다 가고, 아프면 돌보면서 살아가는 거라고, 우리 엄마를 보니까 그렇더라고 말할 수 있는 어른이 될 거라고 믿기 때문이다.

시상식에서 수상소감을 하듯 고마운 사람들의 이름을 하나하나 호명하고 싶지만, 이 책을 전하는 것으로 대신하려 한다. 그래도 절대 빼놓을 수 없는 양가 부모님과 판미동 출판사 정지영 편집자님. "정말 고맙습니다."

종이 제 몸을 아프게 때려야만 울 듯, 나 역시 아팠을 때 이 글을 썼다. 그렇게 쓴 글이 누군가에게 종소리처럼 들리면 좋겠다. 울림이 있는 글이었으면 좋겠다.

마침표가 아닌 쉼표를 찍으며 글을 마치고 싶다. 다음을 기약하면서,

당신을 막내딸처럼 돌봐줘요

1판 1쇄 찍음 2021년 6월 14일
1판 1쇄 펴냄 2021년 6월 23일

지은이 | 심선혜
발행인 | 박근섭
책임편집 | 정지영
펴낸곳 | 판미동

출판등록 | 2009. 10. 8 (제2009-000273호)
주소 | 06027 서울 강남구 도산대로 1길 62 강남출판문화센터 5층
전화 | **영업부** 515-2000 **편집부** 3446-8774 **팩시밀리** 515-2007
홈페이지 | panmidong.minumsa.com

도서 파본 등의 이유로 반송이 필요할 경우에는 구매처에서 교환하시고
출판사 교환이 필요할 경우에는 아래 주소로 반송 사유를 적어 도서와 함께 보내주세요.
06027 서울 강남구 도산대로 1길 62 강남출판문화센터 6층 민음인 마케팅부

ISBN 979-11-5888-860-2 03810

판미동은 민음사 출판 그룹의 브랜드입니다.